وُلِدَ أيهم فاضل الخميس في مدينة دمشق، درس فيها حتَّى تخرَّج في كلية الهندسة الكهربائية، وانتقل إلى دولة الإمارات عام 2004 للعمل فيها كمهندسٍ كهربائيٍّ.

كانت هوايته القراءة منذ الصغر، ورث ذلك عن والده رحمه الله.

كان مِن الطلاب المتميِّزين والمتفوِّقين في مادَّة الإنشاء والتعبير، حتَّى إنَّ أحد أساتذة اللغة العربية قال له بأنَّه لن يفاجَأ إذا قرأ اسمه ككاتب في يوم مِن الأيام.

بدأ الكتابة أثناء جائحة كورونا بعد أن أصبح لدى الجميع الكثير والكثير مِن الوقت في أوقات الحظر.

الإهداء

إهداء إلى والدي – رحمه الله – الذي زرَعَ في نفسي حبَّ القراءة، وجميع مَن شجَّعَني على الكتابة بعد أن كانت عبارة عن أفكار حبيسة داخلي.

وإهداء إلى الشخص الذي ألهَمَني لكتابة هذه الرواية التي تحمل اسمه.

أيهم فاضل الخميس

أسماء

AUSTIN MACAULEY PUBLISHERS™

LONDON • CAMBRIDGE • NEW YORK • SHARJAH

الرقم الدولي الموحد للكتاب 9789948772156 (غلاف ورقي)
الرقم الدولي الموحد للكتاب 9789948772149 (كتاب إلكتروني)

رقم الطلب: MC-10-01-3103323
التصنيف العمري: 13+

تم تصنيف وتحديد الفئة العمرية التي تلائم محتوى الكتب وفقًا لنظام التصنيف العمري الصادر عن وزارة الثقافة والشباب.

الطبعة الأولى 2024
أوستن ماكولي للنشر م. م. ح
مدينة الشارقة للنشر
صندوق بريد [519201]
الشارقة، الإمارات العربية المتحدة
www.austinmacauley.ae
+971 655 95 202

شكر وتقدير

الشُّكر إلى كلِّ مَن وقفَ بجانبي، وقرأ مُسَوَّدَة عملي، وشجَّعَني على نَشرها، وآمَن بي كمشروع كاتب.

كان صباحًا عاديًا في أبو ظبي، الأمر الوحيد غير الاعتيادي هو وجود مكالمتين فائتتَين مِن إيطاليا في ذلك التوقيت الباكر، لَم يكن الأمر مفاجِئًا، كما أنَّه لَم يكن معتادًا في ذلك التوقيت، وذلك لارتباطي ببعض الأعمال هناك.

توجَّهتُ إلى مكتبي في شركة المقاولات التي أعمل فيها لأفاجَأ بالسكرتيرة وهي تقول لي: لحظة، هناك شخص مِن مكتب محاماة في روما اتَّصل بك أكثر مِن مرَّة.

كان ذلك الأمر مفاجئًا لي؛ فما علاقتي بمكاتب المحاماة في روما؟!

لَم أكد أصل إلى غرفة مكتبي حتَّى أخذ الهاتف على مكتبي بالرنين، لتخبرني السكرتيرة بأنَّ ذلك الشخص مِن مكتب المحاماة في روما يريد أن يكلِّمني.

كانت لكنته لبنانية، وعرَّف عن نفسه بِاسْم فادي، وأنَّه يمثِّل مكتب روما للمحاماة والاستشارات القانونية، ثمَّ بدأ

يخبرني عن وجود وصيَّة بِاسْمي في مكتبهم، لأقاطعه فورًا وأقول له ساخرًا: هناك وصية بِاسْمي، وأنت تريد رقم حسابي البنكي لتحوِّل مبلغ الوصيَّة لي.. وأغلقتُ سمَّاعة الهاتف في وجهه، وقلتُ في نفسي: فعلًا في ناس فاضية على الصبح.

كان ذلك النوع مِن أعمال النصب قد أصبح مألوفًا لنا في أبوظبي، وقد حذَّرَت منه الشرطة هنا أكثر مِن مرَّة، إلا إنَّ ذلك الشخص عاوَد الاتِّصال بي فورًا على جوَّالي الخاص، ليقول لي بنبرة جديَّة: سيد أحمد، لا أحد يريد رقم حسابك البنكي، ولا أحد يريد النَّصب عليك، نحن مِن أكبر مكاتب المحاماة إن لَم يكن في روما ففي العالم كلِّه، إنَّ كلَّ ما أريده منك هو أن تسمعني لمدَّة خمس دقائق، وبعدها لك أن تتَّخذ القرار الذي يناسبك.

لَم أجبه ليتابع قائلًا: الوصية مِن قِبَل فتاة سورية اسمها أسماء الحلواني، وُجِدَت مقتولة بطريقة وحشية في أحد شوارع روما، وكانت قد حضرَت إلى مكتبنا قبل أسبوع واحد لتسليمنا وصيَّتها، وكأنَّها قد شعرَت أو عرفَت بطريقةٍ ما بأنَّها سوف تلقى حتفها؛ لأنَّه ليس مألوفًا لدَينا أن يقوم أحد بتسجيل وصيَّته هنا في هذه السنِّ الصغيرة التي لا تتجاوز الثلاثين مِن العمر، وقد أعطَتنا كارت العمل الخاصّ بك، وأخبرَتنا بأنَّك مقيم في أبوظبي، وأنَّك سوف تعود إلى روما في أغسطس مِن هذا العام، وطلبَت

مِنّا أن نسلِّمك وصيَّتها المؤلَّفة مِن مبلغ مالي وقدره ألف يورو لا أكثر، ورسالةٌ مكتوبة بخطِّ يدها، ودفتر مذكِّرات، هذه كلُّ وصيَّتها، وطلبَت مِنّا أن نسلِّمها إليك باليد في حال حدوث أي شيء لها.

ليتابع قائلًا: سيد أحمد، هذا كلُّ ما لديَّ؛ لذلك أرجو منك في حال قدومك إلى روما أن تتَّصِل بي لننسِّق كيفية تسلُّمك للوصية.

بقيتُ صامتًا لبعض الوقت حتَّى إنَّه أخذ يردِّد: سيد أحمد.. سيد أحمد.. هل تسمعني؟

أجبتُه بأنّي أسمعه لأقول له: وكيف قُتِلَت؟

أجابني قائلًا إنَّ كلَّ ما يعرفه أنَّها وُجِدَت مقتولة بطريقة وحشية، وأنَّ القاتل قد طعنها عدَّة مرَّات في وجهها ورقبتها أدَّت إلى موتها، وذلك بعد انصرافها مِن البار أو المطعم الذي تعمل فيه في الساعة الثانية بعد منتصف الليل، وأنَّ الشرطة الإيطالية لا زالت تحقِّق في ظروف مقتلها، وأنَّ القصَّة أخذَت طابعًا شعبيًّا؛ وذلك لأنَّ أسماء معروفة بين كثير مِن الإيطاليين بعد ما حدث معها مع ساحر إيطاليا الكبير السيد باريزي، ليضيف قائلًا: سيد أحمد، هذا كلُّ ما لديَّ، أتمنَّى أن أراك هنا في روما في شهر أغسطس.

بدا الأمر أشبه بالحلم بالنسبة لي؛ فتلك الفتاة التي تُدعَى أسماء، والتي قابلتُها مرَّة واحدة في حياتي لدى سفري إلى روما قبل عدَّة شهور لاستيراد كمية مِن الرخام، ولَم تتجاوز فترة لقائنا سِوَى ساعتين أو أكثر بقليل، لَم تكفَّ فيها عن الكلام، لتعود تلك الفتاة إلى حياتي بهذه الطريقة!

أسندتُ رأسي إلى الخلف متسائلًا: ثمَّ لماذا أنا؟ لماذا أنا؟ وماذا يوجد في رسالتها؟ وأخذتُ أستعيد ما جرى بيني وبينها في ذلك اليوم.

بدأت معرفتي بأسماء قبل ثلاثة أشهر في روما عندما أصرَّ صديقي الهندي شاجي على أن نسهر في أحد ملاهي روما الليلية بعد عودتنا مِن ميلانو، وقد تمَّ اختيار جميع عيِّنات الرخام التي سيَتِمُّ عرضها على مالك إحدى الفيلات الكبيرة في أبوظبي.

حاولتُ الاعتذار إلى شاجي أكثر مِن مرَّة، إلا إنَّه كان يردِّد: هذه آخِر ليلة لنا في إيطاليا، ولن أعود إلى أبوظبي، ولَم أسهر حتَّى ولو سهرة واحدة، وفي جميع الأحوال فإننا سوف نذهب كي نتناول طعام العشاء، فلنستغلَّ ذلك ونجعلها سهرة العمر.

في الحقيقة لَم أكن راغبًا أبدًا في السهر، إلا إنَّني كنتُ أدرك معنى أن تكون رفيقًا ثقيل الظلِّ في السفر؛ لذلك وافقتُ معه مرغمًا، وما إن أخبرتُه بأنِّي موافق حتَّى قال مسرورًا: سوف

أمهلك نصف ساعة حتَّى ترتِّب أغراضك في الغرفة، وتستعدَّ لسهرة لن تنساها.

كنتُ أشعر بالضيق الشديد وأنا أتنقَّل مع شاجي بين ملاهي روما الكثيرة، كان كلَّما دخل أحدها ينظر إليَّ ويقول: هناك أفضل.. القادم أفضل.

لاحَظ شاجي الضيق الشديد على وجهي، فقلتُ له: أنت لا تبحث عن الأفضل، أنت تبحث عن الأفجر.

وأقسمتُ له بأنَّ الملهى القادم سيكون آخِر ملهى سأدخله، وإلا فإنَّني سوف أعود إلى الفندق وأنام؛ فأنا لا أريد أن أمضي الليل وأنا أتنقَّل بين ملاهي روما.

وفعلًا دخلنا إلى أول ملهى وجدناه في طريقنا، ولا أعلم إن كان يصحُّ أن أُطلِق عليه اسم ملهى، فقد كان أقرب إلى المطعم والبار منه إلى الملهى الليلي مقارنةً بما كنَّا نراه في تلك الملاهي التي مررنا بها مِن عروض لنساء عاريات يرقصن على مسرح صغير، يتوسَّطه عمود معدني، الأمر الذي جعل شاجي يشعر بالضيق، إلا إنَّني لَم أعُد أهتمُّ لضيقه، كنتُ كلَّ ما أريده أن ندخل إلى أي مكان نستطيع أن نتناول طعام العشاء فيه، ونقضي بقية هذه الليلة اللعينة كيفما كان.

كان أول ما سمعتُه لحظة دخولنا إلى ذلك الملهى إحدى النادلات وهي تقول لأحد الزبائن باللغة العربية وهي تبتسم: "ابن العاهرة" (طبعًا أنا أحاول هنا أن ألطِّف ما قالَته له) مستغلةً أنَّه لا يعرف اللغة العربية، وكان يبتسم في وجهها ويقول لها: غراسيا.. غراسيا.

جلستُ مع شاجي على الطاولة المحاذية لطاولة ذلك الرجل المسكين وأنا أبتسم مِن موقف تلك الفتاة، حتَّى إنَّ شاجي سألني عن سبب ابتسامتي إلا إنَّني لَم أخبره شيئًا.

كنتُ أرى الفتاة وهي تتوجَّه إلى طاولتنا عندما مرَّت بجانب ذلك الرجل، لتعود وتقول له شيئًا ما باللغة الإيطالية، ولتتبع ذلك قائلة باللغة العربية: أوكيه يا بن الكلب.

لَم تكد تلك النادلة تمدُّ لنا يدها بلائحة الطعام والشراب وهي تبتسم في وجوهنا، وقبل أن تقول أيَّ شيء قلتُ لها باسمًا: أنا عربي، إيَّاكِ أن تشتمي.

احمرَّ وجهها خجلًا حتَّى ظننتُ بأنَّ الدَّم سيَخرج منه وقالت: أقسِم بالله إنَّه جنَّنَني وهو يحاول أن يتحرَّش بي؛ فقد مضى على ترددُّه على المكان فترة شهر لَم يتوقَّف لحظة فيها عن التحرُّش بي.

كانت لهجتها شامية خالصة.. حاولتُ أن أخفِّف عنها، لأقول لها ضاحكًا، هل تريدين أن أنتظره خارجًا وأضربه لكِ؟

لتقول ضاحكة: سوف ننتظره أنا وأنت، ونضربه معًا.

كان اسمها أسماء، وكانت مِن مدينة دمشق، منطقة الصالحية، مضى على وجودها في إيطاليا سنة ونصف، عرفتُ ذلك منها في الوقت الذي كانت تأتي فيه إلى طاولتنا إمّا لتُحضِر ما طلبناه، أو لتستغلَّ فترات عدم انشغالها في خدمة الزبائن، وتأتي لتتكلَّم معي قليلًا، وخاصَّةً عندما عرفَت أنِّي مِن منطقة ركن الدين القريبة منها في دمشق.

كنتُ أنظر إلى شاجي وأنا أضحك في داخلي عليه؛ فقد كان جو المطعم لا يناسبه أبدًا، ولولا وجود أسماء فيه لَم أكن لأقضي فيه أكثر مِن عشر دقائق؛ فقد كانت أجواؤه كلاسيكيَّة جدًّا، وتبعث على النعاس، ابتداءً مِن الفرقة الموسيقية المملَّة التي تقتصر على عازف الجيتار، وتلك المغنِّية القبيحة، إلى طاولاته التي ارتصَّت بجانب بعضها وكأنَّ الجميع يجلس معًا!

كانت الطاولة الوحيدة التي تثير الضوضاء وتبعث بعض الحيويَّة في المكان هي طاولة الساحر باريزي، الذي وصفَته أسماء بأنَّه ساحر عظيم عندما أشارت إلى طاولته لتعرِّفني عليه وكأنَّها تفتخر بأنَّه أحد زبائن المكان.

كان يجلس معه عدد لا يقلُّ عن عشرة أشخاص كانوا مصدر الضوضاء الكبيرة هنا بضحكِهم المتواصل وتصفيقهم عندما كانت تنتهي تلك المطربة مِن الغناء.

شارفَتِ الساعة على الثانية صباحًا عندما قرَّرنا المغادرة، وكان على أي حال معظم الزبائن بدءوا أيضًا بالمغادرة، طلبتُ الحساب لأفاجَأ بنادلة أخرى تأتي وتقول بأنَّ حسابكم مدفوع، بحثتُ عن أسماء كي أحاول أن تدعني أدفع أو أن أشكرها وأودِّعها على الأقلِّ، إلا إنَّني لَم أرها، كنتُ أريد الانتظار لوقت أطول، إلا إنَّ نظرات شاجي جعلَتني أنهض مِن مكاني، خاصَّةً وأنَّه لَم يبقَ غيرنا في المكان.

لَم نكد نخطو خطوة واحدة خارج المكان حتَّى شاهدتُ أسماء وهي تحمل حقيبة اليد الخاصَّة بها وهي تغادر المكان، لَم أستطِع منْع نفسي مِن النداء عليها، ولَم تكد تلتفت إليَّ حتَّى قلتُ لها بلهجة فيها بعض الغضب الممزوج بالعتب: هل هذا تصرُّف أولاد البلد؟! على الأقلِّ قولي مع السلامة.

ابتسمَت وهي تقول: سامِحني.. بس عن جدّ انشغَلت شويّ..

ثمَّ تابعَت قائلة: ما اسم الفندق الذي تنزل فيه؟

فأجبتُها أنَّه روما كافلياري، لتقول مبتسِمة: ممتاز.. هذا يعني أنَّك لستَ بحاجة لتاكسي، يمكن أن تذهب إليه مشيًا على

القدم، كما أنَّه على طريق بيتي، أي إنَّنا يمكن أن نمشي معًا ثلاثة أرباع الطريق.

ثمَّ استطردَت قائلة: سأوصِّلك أولًا إليه، ثمَّ أعود إلى منزلي.

نظر شاجي إليَّ ثم قال: لا أعرف لِمَ أبدو كالأبله بينكما؛ لذلك سوف أخلي لك الجوَّ وأذهب بمفردي.. ثمَّ أضاف: علَّني أحظى بنصيبي أنا الآخَر.

كانت أسماء تمشي ببطء على تلك الأرضية الحجرية وتنظر إلى أسفل بشرود كبير، وكنتُ أحاول أن أجعل خطوتي تتماشى مع خطواتها، إلا إنَّني غالبًا ما كنتُ أفشل في ذلك، وأجد نفسي أسبقها، ولَم تكن تبالي بذلك، بل على العكس مِن ذلك كنتُ أشعر بأنَّها حتَّى لا تبالي بوجودي.

أردتُ أن أفتح معها أي موضوع فقلتُ لها: هل تشتاقين إلى الشام؟

نظرَت إليَّ مبتسمة وقالت: قرأتُ في يوم مِن الأيام عبارة أعجبَتني تقول: "كلُّنا يحبُّ أن يدخل الجنَّة، ولكن لا أحد يريد أن يموت"، ثمَّ ضحكت وقالت: كلُّنا نشتاق إلى أوطاننا، ولكنَّنا لا نفكِّر بالعودة.

كان حواري معها عاديًا جدًّا، إلا إنَّه كان ينتابني شعور خاص بوجود أمر غير عادي في شخصيَّتها.

لَم يقطع صمتنا أثناء المسير إلا مشاهدتنا لأحد الفِتية يجلس على الدرج الأمامي لأحد الأبنية مع صديق له، ولمَّا رأته قالت بصوت مرتفع: محمود.. يكفي.. اذهب إلى المنزل ونَم.

التفتَت إليَّ وقالت: هذا محمود مِن مصر، يعمل في البقالة التي كان يجلس بجوارها، وهي لزوج والدته الحاج سعيد اليمني الذي تزوَّج والدته بعد وفاة أبيه في حادث سير هنا في روما.

ثمَّ قالت ضاحكة: محمود كان مترجمي الخاص في أول أيامي في روما.

لَم نكَد نخطو بعد ذلك بعدَّة مبانٍ حتَّى أشارت على أحد الأبنية وقالت: هنا في هذا المبنى أسكن.

وتابعَت تقول: المبنى صغير جدًّا، عبارة عن طابقَين اثنين فقط، الأرضي والأول، الأرضي يحوي محلًّا لبيع المنتجات الجلدية يملكه رجل عجوز ينادونه بالمحترم، وشقة بجانب المحل يسكنها الرجل المحترم أيضًا، أمَّا الطابق الأول فيحتوي على شقتين، الأولى صغيرة، وهي عبارة عن غرفة واحدة وصالة أسكنها أنا وحدي، وشقة ثانية فارغة كانت تسكنها امرأة عجوز مع ابن ابنتها المتوفَّاة، وهو طفل في الحادية عشرة مِن عمره، اسمه تينو، إلا إنَّها قد تُوُفِّيَت قبل ما يقارب شهرين فقط، وانتقل ابن ابنتها إلى أحد المراكز الخاصة بمرضى الأطفال

المنغوليّين كما نقول في سوريا، أو ما يُعرَف طِبّيًّا بمتلازمة داون، لتصبح تلك الشقة فارغة الآن.

عَبَرنا منزلها في طريقنا إلى الفندق، وكانت الساعة تقارب الثالثة، وكانت إنارة الشارع خفيفة للغاية، وكنَّا نرى بعض الأشخاص هنا وهناك يجلسون على أطراف النَّوافير القديمة المنتشرة بكثرة في روما أو على بعض الأرصفة.

كان حذاء أسماء يُصدِر صوتًا مميَّزًا على الحجارة التي رُصِفَ بها الطريق، وكانت شاردة وكأنَّها في عالَم آخَر، أردتُ أن أقول لها بأنَّه لا داعي لأن توصِّلني إلى الفندق، وأن تدخل إلى منزلها، إلا إنَّني وجدتُ نفسي أسألها: أسماء.. هل أُمُّكِ وأبوكِ يعيشان في دمشق؟

لَم تُجِبني أسماء على السؤال، بل قالت لي: هل تشعر بالتَّعب؟

فأجبتُها: لا أبدًا.

فتابعَت قائلة: هل تمانع لو جلسنا هنا قليلًا؟ وأشارت إلى حافَّة إحدى النوافير التي كانت المياه تتساقط مِن عينَي طفل صغير في أعلاها.

أجبتُها على سؤالها بأن جلستُ فورًا على حافَّة تلك النافورة، وإذ بها تحدِّق بي وكأنَّها طفلة صغيرة والسعادة بادية في عينيها،

ثمَّ جلسَت بجانبي، ووضعَت حقيبتها بيننا، وبقِيَت صامتة تنظر إلى الأرض.

طال صمتها، وبدأتُ فعلًا أشعر بالملل، ومع أنِّي لَم أكن أريد منها أيَّ شيء إلا إنَّني فعلًا بدأتُ أشعر بأنَّني أضيِّع وقتي، نظرتُ إلى ساعتي وقرَّرتُ أن أهمَّ بالانصراف، ولا أدري إن كانت لاحظَت ذلك، فإذا بها تقول: هل مِن الممكن أن يتخيَّل الإنسان بعض الأمور ويشعر بأنَّه يعيشها ويكون ذلك في خياله فقط؟

ثمَّ أضافت: كأن تشعر بأنَّك زرتَ بلدًا ما، وتجوَّلتَ في شوارعه وأسواقه، وأكلتَ مِن طعامه، ثمَّ تكون متأكِّدًا بأنَّك لَم تطأ أرض ذلك البلد، أو أنَّه لا توجد أيُّ تأشيرة على جواز سفرك تفيد بأنَّكَ كنتَ هناك يومًا ما، والأغرب مِن ذلك عندما تعلم بأنَّه على سبيل المثال بأنَّ أسماء المحلات والمطاعم التي تخيَّلتَها موجودة في الواقع.

ثمَّ نظرَت إليَّ مبتسمة وهي تقول: إنَّه مجرَّد سؤال فقط.

لَم أكُن أملك أيَّ إجابة على مثل هذا السؤال، إلا إنَّه أكَّد لي ما كنتُ أشعر به مِن أنَّه يوجد شيء ما غير طبيعي في هذه الفتاة، ولكنَّني مِن باب التعليق على سؤالها أجبتُها متفلسفًا: إنَّ الإنسان أحيانًا يقرأ عن شيءٍ ما ويبقى في عقله الباطن محفوظًا، ولا يعلم الإنسان متى سيُخرج كمَّ المعلومات التي

يحتفظ بها عقله الباطن، ولكن لماذا هذا السؤال؟ هل تحدث معكِ أمور مشابهة لِمَا قلتِه؟

وفجأة انهارت تلك الفتاة أمامي وهي تقول: أشعر بأنَّني أكاد أجنُّ، لَم أعد أعرف ماذا يحدث لي، أمور كثيرة لا أعرف ما هو الصحيح مِن بينها وما هو مجرَّد خيال، أكاد أجنُّ.

ثمَّ نظرَت إليَّ بكلِّ براءة وقالت: هل يمكن أن أجنَّ هنا ويأخذوني لمشفى المجانين؟! يا إلهي، كيف سأعيش بينهم؟! يا إلهي، هل يمكن أن تنتهي حياتي بهذه الطريقة؟!

لتضع يديها على رأسها وتنظر إلى الأرض وتهمس: اهدئي اهدئي.

بدَت في عيني كالطفلة، وشعرتُ بشعور شفقة هائل عليها، وقلتُ لها: أولًا أنتِ أعقل إنسانة في العالم، وما تتكلَّمين عنه هو شعور الوحدة والغربة والضغط الذي يجعل أعصاب الإنسان متعَبة بعض الشيء، كلُّ ما تحتاجينه هو إجازة صغيرة تذهبين فيها إلى سوريا حتَّى لو أسبوعًا واحدًا، تستعيدين فيه نشاطكِ، وترَين مَن تحبِّين هناك، وتستجمعين طاقتكِ، وسوف تعودين أقوى مِن الأول.

- لَم يعد هناك مَن أذهب إليه في الشام، كانت تتكلَّم وتنظر إلى الأرض وكأنَّها تكلِّم نفسها أو شخصًا غيري.

أخرجَني أخي سليم مِن المدرسة، وكنتُ في السابعة عشرة مِن عمري بعد قصة سهى وما حدث معها في الحارة، حاوَل أبي قليلًا معه إلا إنَّه أصرَّ على تَركي للمدرسة قائلًا: "والله لو ذهبَت غدًا إلى المدرسة فلن ترَوني في حياتكم كلِّها.

أصبح أبي يأخذني معه لمحل المنتجات التراثية الذي يملكه في التكية السليمانية، التي اعتاد السيّاح القادمون إلى مدينة دمشق زيارته وشراء بعض التّذكارات منه.

رفقة والدي أنسَتني كلَّ شيء؛ فقد كان حنونًا للغاية، وكان يحاول أن يُنسِيَني ويعوِّضني عمّا فعله أخي سليم مِن جَعْلي أترك المدرسة بقوله: ما فعله أخوكِ هو بسبب خوفه وحرصه عليكِ، نحن نعيش في زمن صعب يا أسماء.

كان أخي سليم مصدر تعب للعائلة كلها وليس لي وحدي فقط؛ فقد تركَ هو الآخر الدراسة في سنٍّ مبكِّرة، وبدأ العمل مع أبي في محلِّه، إلا إنَّه لَم يكن راضيًا أبدًا عن كلِّ تجارة والدي، وكان دائم الشكوى والطلب مِن والدي أن يبيع المحل وشراء أحد المحلَّات في منطقة الصالحية، حيث كنّا نسكن.

وكان جواب أبي الدائم: عندما أموت افعل ما تريد، أعطِ أختك نصيبها، وافعل بالباقي ما تشاء.

كنتُ في ذلك اليوم أنظِّف زجاج المحل مِن الداخل عندما وقع نظري على ذلك الشابِّ الذي يحمل كاميرا التصوير في يده، ويلتقط الصور هنا وهناك لمحلات التكية السليمانية.

كان أخي سليم يجلس على مكتب والدي في المحل وهو يتكلَّم في الهاتف، بينما بقِيتُ أنا أراقب ذلك الشابَّ وهو يتقدَّم بخطوات بطيئة باتِّجاه محلِّنا حتَّى توقَّف أمامه.

كنتُ أراه بوضوح، بينما هو لَم يلاحظ وجودي؛ لأنِّي كنتُ أخفي نفسي بين تلك المعروضات التي تملأ واجهة المحلِّ.

أشعل سيجارته، ووقف متأمِّلًا للسوق، بينما كنتُ أتأمَّل تفاصيل وجهه الجميلة، وأسترق النظر بين الحين والآخَر لأخي سليم خوفًا مِن أن يراني.

اقترب ذلك الشابُّ أكثر وأكثر مِن واجهة المحلِّ، ثمَّ تناوَل هاتفه الآيفون في يده، ثمَّ ضغط على الرقم السري الخاص به، تمكَّنتُ مِن أراه بوضوح، كان الرقم (2469).

أخذتُ أضحك في داخلي مِن معرفة الرقم السري الخاص بجوال ذلك الشابِّ، إلا إنَّني خجلتُ مِن نفسي، وتركتُ واجهة المحل، والتفتُّ إلى عمل آخَر داخل المحل.

لَم تمضِ سِوَى لحظاتٍ حتَّى لمحتُ ذلك الشابَّ يسير داخلًا، نظرتُ إلى أخي سليم الذي كان قد انتبه إلى دخوله، إلا إنَّه

كعادته ترك للزبون بعض الوقت كي يعايِن المنتجات المعروضة داخل المحلِّ، مِن نحاسيَّات، وخشب الأرابيسك، وبعض اللوحات الفنية القديمة لمدينة دمشق، وما إلى ذلك مِن منتجات مختلفة.

أمسكَ ذلك الشابُّ بمجسَّم خشبي صغير للجامع الأموي، ثمَّ توجَّه إلى أخي الذي كان يمشي باتِّجاهه ليسأله: بكم ده؟

كانت لهجته مصرية، فأجابه أخي سليم: تفضَّل اشرب قهوة أولًا.. ثمَّ نظر إليَّ في إشارة منه لأسكب له فنجانًا مِن القهوة المُرَّة الدمشقية كترحيب به.

تقدَّمتُ منه وأنا أحمل الفنجان ويداي ترتعشان، والتقت عينانا ببعض، شعرتُ بأنَّ فنجان القهوة سيسقط مِن يدي.. يا إلهي، ما أجمل عينيه!

كنتُ أعلم أنَّ عينَي سليم تراقباني؛ لذلك ناولتُه فنجان القهوة دون أن أنظر إليه، وسمعتُ أخي يقول له: هذا المجسَّم مع المراعاة الكبيرة بألف ليرة سورية.

قلتُ في نفسي: يا إلهي، إنَّنا نبيعه بخمسمائة فقط، لماذا سليم يرفع السعر للضعف؟! نحن نرفع السعر عادةً ولكن ليس للضعف.

لَم يعلِّق ذلك الشابُّ بشيء، بل وضع المجسَّم في مكانه، وتابع تجواله في المحلّ، وتركَه أخي سليم، وعاد إلى مكانه لِيمسك بسمَّاعة الهاتف ثانيةً، ويكمل مكالمته.

كنتُ أرى ذلك الشاب وهو يهمُّ بالخروج مِن المحل دون أن يشتري شيئًا، ولكنَّه فجأة التفَت ونظرَ إليَّ نظرة شعرتُ فيها بأنَّ قلبي يكاد يخرج مِن مكانه.. نعم كانت نظرة غير عادية، نظرة تحمل الكثير، ولكنَّها أولًا وأخيرًا نظرة فقط.

خرج مِن المحل وخرج قلبي معه، لَم يغب عن بالي حتَّى لحظة واحدة، حتَّى عندما عدتُ إلى البيت جلستُ على سريري، وبقيتُ أفكِّر فيه وملامحه لا تفارق خيالي.

كان اليوم التالي يومًا غير عادي في سوق التكية السليمانية؛ فعند دخولي السوق وجدتُ حشدًا مِن الناس متجمِّعين حول شيءٍ ما، ولَم نكد نقترب أنا ووالدي حتَّى رأيناهم يصوِّرون شيئًا ما، أحدهم قال إنَّه فيلم سينمائي، لَم يكُن ذلك ما شدَّني؛ فقد اعتدنا في سوق التكية على مشاهدة كاميرات التليفزيون، ولكن ما شدَّني هو ذلك الشابُّ المصري الذي كان يحمل الكاميرا التليفزيونية ويتنقَّل بها مِن مكان إلى آخَر.

استأذنتُ أبي أن أبقى قليلًا كي أشاهد ما يفعلون، ولَم يمانع في ذلك؛ فقد تركني وتوجَّه إلى المحلّ، بينما بقيتُ وأنا أراقب ذلك

الشابُّ الذي لَم تمضِ عدَّة دقائق حتَّى لاحَظ وجودي، ومِن ذلك الوقت لَم تعُد عيناي تفارق عينيه، بل وتبادلنا الابتسامات أيضًا.

لمحتُ أخي سليم وهو قادم مِن بوَّابة السوق، فتوَجَّهتُ مسرعةً إلى المحل خوفًا مِن أن يراني ويفسد نهاري كلَّه.

في اليوم الثالث كنتُ أرى ذلك الشابَّ يقطع السوق ذهابًا وإيابًا أمام المحل، كنتُ أعرف أنه يريد أن يلفت انتباهي؛ إذ لَم يكَد سليم يخرج مِن المحل لقضاء حاجةٍ ما حتَّى دخل مسرعًا وقال لي: اسمي علاء، أنا مصري، نحن هنا في الشام لمدَّة عشرة أيام لتصوير فيلم وثائقي.. ثمَّ مدَّ يده وأعطاني ورقة صغيرة وضعتُها في جيبي وأنا أرتجف، وغادر المحلَّ مسرعًا.

أصبحنا نلتقي كلَّ يوم، أحببتُه جدًّا، لَم يكن حبًّا عاديًّا، بل كان حبًّا جنونيًّا، رسمنا مستقبلنا، وحلمنا بكلِّ شيء معًا، كنتُ سعيدة.. سعيدة لدرجة لا توصف؛ فأوَّل مرَّة في حياتي أعرف معنى الحبِّ، وأن يحبَّك شخصٌ ما، تشعر بأنَّك قد تجاوَزتَ مرحلة الطفولة، وأنَّكَ أصبحتَ إنسانًا ذا كيان مستقلٍّ، يصبح للأغاني التي تسمعها طعمٌ آخَر، تتبدَّل حتَّى معالم شخصيَّتك وطريقة لبسك واختيار ثيابك، وقد انتبهَت أمِّي وقالت لي: هناك لمعة جديدة في عينيكِ.

كان كلُّ شيء بيني وبينه رائعًا، وكنَّا نحرق المراحل معًا بسرعة كبيرة، بل وأصبح يغار عليَّ ويطلب منّي ألَّا أتحدَّث كثيرًا مع الزبائن، وكنتُ أنصاع لِمَا يطلبه منّي وأنا سعيدة جدًّا، الأمر الوحيد الذي كان يوتِّر الأجواء بيننا هو إصراره المتواصل أن أذهب وأزوره في مكان سكنه في البيت الذي تمَّ استئجاره لهم، كنتُ بالطبع أرفض ذلك، وكان يصرُّ عليه ويقول: لماذا؟ ألا تثقين بي؟

كنتُ أقول له: إنَّني أثق فيه، ولكن لا يمكنني ذلك.

كان رفضي المتواصل يغضبه ويقول لي: أنتِ لا تثقين بي.

كنتُ أُقسِم له بأنَّني أثق به بثقة عمياء، ولكنَّه لا يمكنني ذلك.

أمَّا الأمر الثاني الذي كان يُفسِد الأجواء بيننا هو تهرُّبه الدائم مِن سؤالي عن موعد تقدُّمه لخطبتي، وكان جوابه الدائم: يجب أن نعرف بعضنا البعض أكثر.

بقي لسفره يومان فقط، وأصبحتُ شديدة التوتُّر، فمتى سيتقدَّم لخطبتي؟ ومتى سنتزوَّج؟ ومتى سأسافر؟ ومتى ومتى؟ وانعكس هذا التوتُّر على علاقتي معه، وأصبحَت مكالمتي معه تنحصر على ذلك، وبدأ يتهرَّب مِن مكالماتي، حتَّى لَم يعُد يردُّ عليها بعض الأحيان، وحجَّته الدائمة بأنَّه مشغول.

بدأتِ الأسئلة تكثر في رأسي، ولَم أعد قادرة على التركيز بأي شيء، لماذا؟ لماذا؟ لماذا؟ لماذا لَم يعد يكترث بي؟ هل وجد فتاة غيري؟ ألَم أعُد أعجِبه؟ ولكن ماذا تغيَّر في هذه المدَّة القصيرة؟

ربَّما لأنِّي لَم أكمل تعليمي، وهو الشابُّ الجامعي! ولكنَّه وعدني بأن أكمل دراستي، وأن يساعدني حتَّى على دخول الجامعة في مصر.

اتَّصلتُ به، وكنتُ مصرَّة أن أعرف ماذا دهاه، ولماذا كل هذا البرود، إلا إنَّه فاجأني عندما قال: سآتي غدًا في الثامنة كي أزوركم في المنزل.

كدتُ أسقط أرضًا مِن الفرح، يا إلهي.. كم أنا غبية، وكم ظلمتُ هذا الإنسان الرائع! أخيرًا سيأتي لخطبتي، وأخيرًا سأسافر معه إلى مصر، سأرى النيل والأهرامات والمكان الذي وُلِدَ فيه عبد الحليم، وسعاد حسني.

أعدتُ عليه عنوان بيتنا أكثر مِن عشر مرَّات قبل أن أغلق الخطَّ معه، كان الترتيب أن يخطبني مِن أهلي ويسافر إلى مصر لإنجاز بعض الاعمال هناك، ويقوم بالترتيبات اللازمة لقدومي إلى مصر، ثمَّ يعود بعد شهر واحد لإتمام مراسم الزواج والسفر معه.

تولَّت أمِّي مهمَّة إخبار أبي الذي بدَت عليه علامات الحيرة والارتباك؛ فأنا ابنته الوحيدة، فكيف سيوافق على زواجي من شابٍّ غير سوري؟!

كنتُ أدرك ما سيشعر به وأنا ابنته الوحيدة، ولكنَّها حياتي أنا، كما أنَّني سوف آتي لزيارتهم كثيرًا كما وعدني علاء، بل ووعدني أيضًا بأنَّه سوف يُحضِرهم لزيارتي إذا كنَّا لا نستطيع السفر إليهم، فحتَّى أمِّي لَم يكن إقناعها سهلًا في بداية الأمر، فما كِدتُ أخبرها بذلك حتَّى جُنَّت، ولكن قسمي لها بأنِّي سأفعل بنفسي ما فعلَته سهى كان كافيًا لأن توافق مرغمةً على مفاتحة أبي بالموضوع.

كانت عقبتي الوحيدة هي سليم الذي ما إن سمع بالأمر حتَّى جُنَّ جنونه، وأصبح كالمجنون يصيح: وأين رأته؟ وكيف عرفَته؟ الآن عرفتُ سبب غيابها الأسبوع الماضي كلَّه عن المحل.

ثمَّ أخذ يصيح في وجه أمِّي قائلًا: وأنتِ كالعادة تغطِّين عليها، هل تريدين أن يحدث معها ما حدث مع سهى؟! هل تعلمين ما يقوله الناس عن سبب...

ليقاطِعه أبي غاضبًا: سليم.. منذ متى نجيب أعراض الناس على لساننا؟!

ثمَّ أخذ أبي يقوم بتهدئته؛ فقد كان أيضًا ابنه الوحيد والمدلَّل لديه، ويقول له: يا بنيَّ، دعنا نراه أولًا ثمَّ نحكم عليه، والرجل دخل البيت مِن بابه، ولولا أن كانت نيَّته شريفة لَم يكن ليتقدَّم بشكل رسمي، والحديث عن الموافقة لا زال مبكِّرًا، هل تعتقد أنَّ موافقتي ستكون سهلة؟! ولكن بنات الناس معرَّضات للخطبة والزواج، هذه سُنَّة الحياة.

كان الموعد الساعة الثامنة، ولَم تترك أمِّي أكلة شامية واحدة لَم تقُم بإعدادها، مِن الكبَّة المقلية والمشوية، وأوزي لحم، إلى القطايف المقلية، والقطايف العصافيري، حتى إنَّ أخي سليم قال لها: لماذا كلُّ هذا؟! هل ستعزمين الحارة كلَّها؟ لتجيبه: والدك عزم المختار أبا فهد، والشيخ بلال، وأبا نادر على العشاء ليكونوا موجودين أيضًا، وما يدريك مَن سيحضر معه هو الآخر! امتلأت أواني المنزل بما لذَّ وطاب مِن الأطعمة، ورُصَّت في المطبخ في انتظار حضوره لوضع المائدة في صحن الدار جانب النافورة.

كانت الساعة قد قاربَت على الثامنة، ورجال الحارة المدعوُّون جميعهم حضروا، ورائحة القهوة المُرَّة تملأ المنزل والجميع في انتظار علاء.

مرَّ الوقت على قلبي كالجبل، وحاولتُ الاتِّصال به، إلا إنَّ جوَّاله كان مغلقًا، وأمي لا تنفكُّ تقول: مضت ساعة يا بنتي، شو قصته؟ حاولي تتَّصلي فيه لعلَّه أضاع العنوان.

كنتُ أدرك ما الذي يشعر به أبي مِن إحراج أمام رجال الحارة، ولَم يكن يقتصر الأمر على إحراج أبي، بل كانت نظرات أخي سليم كأنَّها رصاصات موجَّهة إلى قلبي.

جاء أبي أخيرًا ليقول لوالدتي دون أن ينظر إليَّ: ضعي الطعام، الرجال بدّها تمشي.

بقيتُ بعد هذه الحادثة مدَّة شهر لا أخرج مِن غرفتي، حاولتُ الاتِّصال به آلاف المرَّات، إلا إنَّ جوَّاله بقيَ مغلقًا، كنتُ فقط أريد أن أعرف ماذا حدث، فقط ماذا حدث!

كان ترددُّ أمِّ نادر على بيتنا في تلك الآونة الأخيرة أمرًا مستغرَبًا؛ فقد زارتنا في أسبوع واحد أكثر مِن خمس مرَّات، لَم تكفَّ فيها عن الحديث عن ابنها نادر المقيم في إيطاليا منذ خمس سنوات، وتستعرض فيها كَم يجني مِن أموال، وكيف استطاع في مدَّة قليلة أن يجد عملًا محترمًا هناك، وكيف استطاع أن يساعد أباه في شراء نصف المنزل الذي كان يمتلكه مع عمِّه حسَّان، والذي ورثاه عن جدِّه في منطقة المزة، وأنَّ أبا نادر يفكِّر في تسجيله بِاسْم نادر.

ثمَّ كانت الصدمة الكبرى عندما جاءت أمِّي لتخبرني بأنَّ أمَّ نادر تريد أن تخطبني لابنها.

دخلتُ غرفتي مسرعة، وأغلقتُ الباب خلفي، كان قلبي ينبض بشدَّة، كنتُ أسمع صوت النبضات، أخذتُ أزيح الثياب في خزانتي حتَّى وصلتُ إلى أسفلها، وأمسكتُ ذلك المنديل، وأخرجتُ منه تلك الورقة، وجلستُ على حافَّة النافذة، وأخذتُ أنظر إلى الشارع أتذكَّر فيه ذلك اليوم الذي أتت فيه سهى إلى منزلنا، وقفَت يومها على باب المنزل، ورفضَت أن تدخل، كانت عيناها غائرتَين، وكان وجهها مصفرًّا شاحبًا، وكانت تفرك يديها وتقول لي هامسة خوفًا مِن أن يسمعها أحد: هل رأيتِ نادر؟ هل جاء اليوم لأخيك سليم؟

كانت تنظر إليَّ وتنظر خلفي وتنظر إلى جانبيها خائفةً مذعورة مرتبكة، ولَمَّا أجبتُها بلا، تركَتني وذهبَت إلى منزل أهلها المقابل لمنزلنا مسرعةً.

كانت سهى أجمل بنات الحارة، وكانت تكبرني بأربع سنوات، كنتُ أحبُّها كثيرًا، وكانت تأتي مع والدتها لزيارتنا في بعض الأحيان، هي مَن علَّمَتني طريقة إعداد القهوة عندما كانتا تحضران لزيارتنا، لتقول لي أمِّي: اذهبي مع سهى إلى المطبخ، وسوُّوا لنا فنجان قهوة.

كنَّا نضحك لأنَّنا كنَّا نعلم بأنَّهما تريدان أن تتحدَّثا أحاديث كبار، لَم ترغبا بأن نسمعها.

كنتُ أحبُّ النظر إليها؛ فقد كانت جميلة للغاية، إلا إنَّها كانت دائمة القول: أسماء.. أنتِ أجمل منِّي بكثير.

كانت مرتبكة كثيرًا في ذلك اليوم، ولَم تكد تمضي عشر دقائق حتَّى عادت لتطرق الباب، وما إن فتحتُ لها الباب حتَّى همسَت ثانيةً: هل رأيتِ نادر؟

فقلتُ لها: لَم يأتِ.

لتقول لي ملهوفة: اسمعي يا أسماء، دخيلك بدِّي منك خدمة العمر، إذا جاء نادر مساءً لزيارة أخيك سليم، فأعطِيه هذه الورقة، دخيلك يا أسماء، اصحكك حدًا يشوف الورقة، والله أندبح، والله أهلي يموِّتوني، حتَّى أنتِ لا تقريها، وإذا عندك ظرف حطِّيها فيه.

كانت الساعة تقارب الثانية صباحًا عندما سمعَتِ الحارة كلُّها صوت ذلك الصراخ الهائل، كانت أم سهى تصرخ وتبكي بجنون.

أيقظ صوتها جميع مَن في المنزل، كنتُ أسمع صوت أبي وهو يقول: يا لطيف، يا لطيف، الله يستر، وأمِّي تصرخ وتقول: دخيلك يا أبو سليم، اركض شوف شو فيه، وصوت خطوات سليم وهي

تركض مسرعةً على الدرج المؤدي إلى باب المنزل، بينما بقيتُ أنا متجمِّدة في مكاني، ثمَّ أخذتُ أمشي بصعوبة إلى النافذة المطلَّة على الشارع؛ لعلِّي أرى ما يحدث، فقد كان صوت بكاء وأنين أم سهى يأتي مِن أسفل نافذة غرفتي.

مددتُ رأسي ببطء شديد خارج النافذة لأرى أمَّ سهى تجلس على الأرض، وتضع رأس سهى في حضنها، وتضمّه بجنون، ونساء الحارة يحاولن تهدئتها، بينما كان رجال الحارة يقفون على مسافة قريبة ويحيطون بأبيها الذي جلس هو الآخَر على الأرض وهو يرفع رأسه بين الحين والآخر، وينظر إلى السماء ويقول: سترك يا رب.. سترك يا رب.

كنتُ أرى أمِّي وهي تدخل مسرعةً إلى المنزل لتعود وبيدها غطاء لتحاول أن تضعه على سهى، إلا إنَّ والدي قال: خلِّينا نفوتها داخل بيتِها، ثمَّ نظر إلى الشيخ بلال وقال: إيدك معي يا شيخ.. إيدك معي.

ما إن استطاعا أن يفلتا سهى مِن حضن أمها ويحملاها حتَّى رأيتُ وجه سهى والدماء تغطِّيه، وشعرها ينسدل إلى الأسفل وقد تشبَّع بالدماء، كنتُ أرى عينيها وهما تنظران إليَّ.

وضعتُ يدي على صدري، كانت الرسالة لا زالت في صدري، ضغطتُ عليها وكأنِّي أحاول أن أمنعها مِن الخروج إلى العلن.

انشغلَتِ الحارة كلُّها بقصّة سهى، ولماذا ألقَت بنفسها مِن فوق سطح منزلها، كان أبي ورجال الحارة يملكون جوابًا واحدًا وبطريقة حازمة: البنت كانت عم تنشر غسيل وزلّت قدمها ووقعَت.. الله يرحمها.

كان همُّ أمي الوحيد وقتها أنَّه ماذا كانت تريد مِنِّي سهى في ذلك اليوم؟ ولماذا حضرَت مرَّتَين لرؤيتي؟ إلا إنَّني لَم أبُح لها بأي شيء.

كان مِن المقرَّر أن يتمَّ تزويجي لنادر بموجب عقد الوكالة الذي أرسله إلى والده، ليتمكَّن نادر مِن إرسال أوراق الإقامة الخاصَّة بي في إيطاليا.

كان نادر قد تمكَّن مِن السفر إلى إيطاليا بعد أن تمكَّنَت زوجة خاله الإيطالية المقيمة في دمشق مِن تأمين قبول دراسي لنادر في إحدى الجامعات الإيطالية، إلا إنَّ نادر لَم يكن يقصد مِن سفره إلى هناك إلَّا الهروب مِن التجنيد الإلزامي، والبحث عن عمل هناك.

تمَّت إجراءات زواجي لنادر، وكان أخي سليم مِن المعارضين كعادته؛ فهو كما كان يقول لا يثق بأخلاق نادر على الرغم مِن أنَّه كان أقرب صديق إليه، إلا إنَّ نادر كان يقول: لأنَّه أقرب صديق لي

فأنا أكثر الناس معرفة به، ومع ذلك تمَّت إجراءات الزواج، وكان مِن المقرَّر أن أسافر إليه في مدَّة لا تتجاوز ستَّة أشهر.

مضَت سَنة كاملة حتَّى وصلَت تلك الأوراق، حدثَ فيها الكثير مِن الأمور، فقد تُوُفِّيَ والدي إثر نوبة قلبية، وتسلَّم أخي سليم إدارة المحلِّ بالكامل، ومنعني مِن الذهاب هناك، وطلب منِّي البقاء في المنزل وانتظار عريسي أن يبعث أوراق إقامتي، وقام بتبصيمي على عدَّة أوراق، وقد فهمتُ منه أنَّها عبارة عن وكالة عامَّة لتسهيل الإجراءات الحكومية الخاصَّة بالمحل في فترة غيابي.

وصلتُ مطار روما وأنا أرتدي فستان الزفاف الأبيض على الرغم مِن ممانعتي الكبيرة، وإصرار أمِّي وأم نادر الكبير على ذلك، كانت أمِّي تقول: الفستان الأبيض فال خير، ثانيًا شو بدو يقول عنك نادر، بس يلاقي حالو مطقم ولابس بدلة العرس وواقف مع الناس اللي عم يستنُّوكي وانتي نازلة مِن الطيارة بفستان عادي، ثمَّ تُقسِم وتقول: طب والله والله ورحمة أبوكي مارح تروحي غير وانتي لابسة فستان العرس.

عرفتُ نادر لحظة رأيتُه؛ فقد كان صديق أخي سليم المقرَّب، كما أنَّه كان يأتي كثيرًا لمنزلنا، كان قد تغيَّر كثيرًا منذ أن رأيتُه آخِر مرَّة؛ فشَعره قد بدا خفيفًا جدًّا، وأصبح يشبه والده كثيرًا.

كان يرتدي بنطالًا مِن الجينز، وتي شيرت عاديًا جدًّا، وكان بصحبته أحد الأشخاص الذي كان يرتدي مثله.

كنتُ أشعر بالخجل الشديد وأنا أتقدَّم نحوه وعيون الناس كلّها تنظر إليَّ وأنا في هذا الفستان الأبيض السخيف!

مدَّ يده إليَّ، وسلَّم سلامًا عاديًا، وطلب مِن صديقه أن يجرَّ العربة التي تحمل الأمتعة لنَتَّجه بعدها إلى السيارة الصغيرة جدًّا، التي لَم تتَّسِع للحقيبتَين خاصَّتي إلا بصعوبة بالغة.

كان أوَّل كلمة قالها لي في السيارة: ألَم تجِدي إلَّا هذا الفستان لتحضري به؟ هل كنتِ تعتقدين أنِّي كنتُ أنتظرِك بعراضة شامية في المطار كَي نزفَّكِ إلى البيت؟

الأمر الذي أضحك الشخص الذي كان برفقته، ليتابع قائلًا: أكيد هي فكرة أمِّك.

كنتُ أريد أن أقول له إنَّها فكرة أمِّك كذلك، إلا إنَّني لَم أجد الرغبة حتَّى بالرِّدِّ عليه.

كانت المفاجأة الثانية هو ذلك المنزل الذي ذهبنا إليه والذي رأيتَه أنتَ قبل قليل، كانت الشقَّة مكوَّنة مِن غرفة وصالة ضيِّقة، لمح نادر الاستغراب في عيني فقال لي ضاحكًا: انسي بيوت الشام، أنتِ الآن في روما، فمساحة البيت الواحد في دمشق يكفي هنا لإنشاء ثلاث بنايات.

ثمَّ تابعَ ساخرًا: لا أحد فاضي هنا ليجلس في أرض الدار جنب النافورة، ويقضي ثلاث ساعات مساءً وهو يشرب التنباك، الكل هنا يشتغل.

مضى على وجودي ما يقارب ثلاثة أشهر في روما، كانت الأيام تمرُّ فيها متشابهة، لَم أخرج خلال تلك الفترة مِن باب الشقة إلا مرَّات محدودة، كانت حجَّة نادر دائمًا أنَّه مشغول، مع أنَّني لَم أكن أعرف حتَّى ماذا يعمل، فمرَّة كان يقول إنَّه يعمل في التجارة، ومرَّة ثانية يقول إنَّه يعمل موزِّعًا لدى إحدى شركات الأدوية، وكان ذلك الشخص الذي رأيتُه لحظة وصولي في مطار روما هو الوحيد الذي يأتي لزيارته.

كان اسمه مصعب، مغربي الجنسية، وكان نادر يقول لي إنَّه يعمل معه في نفس الشركة.

لَم يكن لعمل نادر توقيت معيَّن، فتارةً يذهب للعمل في التاسعة صباحًا ليعود مساءً، وتارةً يذهب بعد العاشرة ليعود مساء أيضًا، وكنتُ أقضي وقتي في غيابه بالأعمال المنزلية ومشاهدة التلفاز وتعلُّم الإيطالية مِن خلال الكتب التي وجدتُها في تلك المكتبة الصغيرة الموجودة في الصالة، كما أنَّ نادر وعدَني أن يُحضِر لي أيضًا بعض الكتب مِن المستودَع الخاصِّ بنا والموجود على سطح المبنى، وقد وضعهم هناك مع بعض

الأغراض لتوفير بعض المساحة في الشقَّة، تلك الكتب التي كان قد اشتراها عندما أتى إلى إيطاليا لتعلُّم اللغة.

كان محاوري الوحيد بالإيطالية هو محمود ذلك الفتى الذي يعمل في البقالة، والذي قابلناه قبل قليل؛ فقد أحضر لي أيضًا بعض الكتب الصغيرة لتعلُّم الإيطالية، وكان أيضًا يعلِّمني طريقة نُطق الأحرف الإيطالية.

كانت الشقة المقابلة لنا تسكنها تلك العجوز التي أخبرتُكَ عنها مع تينو ابن ابنتها المتوفَّاة، وهو طفل منغولي تُوُفِّيَت أمُّه المصابة بمرض عقلي وهي تلده بعد أن قام أحد الأشخاص باغتصابها كما أخبرني محمود.

كانت تلك العجوز لا تكفُّ عن الصراخ على تينو، وكانت تضربه في كثير مِن الأحيان بعصاها التي تستند عليها، والتي لَم تكن تفارقها، كانت صوتهما يصل إلى داخل شقتي وكأنَّهما معي، كان صوت صراخه عاليًا ومخيفًا؛ لذلك كنتُ أخاف منه كثيرًا، ولكن مع الأيام اعتدتُ على ذلك، وأصبح صوت صراخهما جزءًا مِن روتيني اليومي وأنا أنظِّف الشقة، أو أثناء طبخي للطعام.

كانا يخرجان كلَّ يوم في تمام الساعَّة الحادية عشرة للمشي، وتبضُّع بعض الحاجيات ليعودا في تمام الساعة الثانية، كنتُ أسمع صوت خطواتهما في النزول وعندما يعودان.

بدأت قصة تعارفي معهما عندما قرَّرتُ في أحد الأيام أن أسكب لهما بعض الطعام وأنتظر عودتهما في الثانية لأعطيهما ذلك الطعام، وهذا ما حدث، فقد أعددتُ في ذلك اليوم طنجرة مقلوبة بالدجاج، وسكبتُ لهما صحنًا كبيرًا وضعتُ لهما فيه نصف دجاجة مع صحن مِن اللبن والسَّلَطة، ولمَّا سمعتُ صوت خطواتهما وهما يصعدان الدرج فتحتُ باب الشقة وأنا أحمل صينية الطعام.

أخافَتني نظراتهما وهما يصعدان الدرج، ولكنّي تشجَّعتُ وحاولتُ أن أعطي تلك العجوز الطعام، والتي بقِيَت تنظر إليه، ثمَّ أشارت إلى تينو ليأخذه منّي، بينما كانت هي تفتح حقيبتها لإخراج المفتاح.

خفتُ مِن تينو وهو يمدُّ يديه ليأخذه منّي، ولَم يكد يمسكه حتَّى تركتُه ودخلتُ شقَّتي مسرعةً، وأغلقتُ الباب خلفي.

كنتُ أختلس السمع مِن خلف باب شقَّتي لعلِّي أسمع أيَّ تعليق، وكأنَّني سأفهم ما سيقولان، ولكنّي لَم أسمع أيَّ شيء.

لَم تمضِ سِوَى نصف ساعة حتَّى سمعتُ جرس الباب، ركضتُ لأنظر مِن العين السحرية مِن هناك، فإذا بتينو وكان يحمل صينية الطعام، كنتُ خائفة أن أفتح له الباب فيقوم بمهاجمتي، إلا إنَّه لَم يتوقَّف عن الضغط على جرس الباب

لأضطَّر أن أفتح له الباب وأنا مستعدَّة لأي حركة سيقوم بها، ناولَني الصينية بهدوء، ودخل شقَّتهم كأي إنسان عادي.

ما لفتَ انتباهي أنَّهم أعادوا الصحون حتَّى دون أن تقوم تلك الشمطاء بغسيلها، ولَم أكن أعلم إن كانوا قد قاموا بأكل ذلك الطعام أو رمْيه في القمامة.

أخبرتُ نادر عمَّا فعلتُه عندما عاد إلى المنزل، ليقول لي: هل تظنَّينَ أنَّكِ لا زلتِ في الشام؟ هنا لا يحبُّون هذه الأمور، خليكِ بحالك.

قرَّرتُ ألَّا أكرِّر ذلك، ولكن في اليوم التالي سكبتُ بعض الطعام أيضًا، وانتظرتُ قدومهما، وفعلًا لَم أكد أسمع صوت خطواتهما حتَّى أحضرتُ الطعام، قرأتُ الفرحة في عينَي تينو الذي مدَّ يديه ليأخذ الطعام دون أن ينتظر إشارة تلك الشمطاء.

استمرَّرت على هذا المنوال مدَّة شهر كامل، ولَم أعد أخبر نادر بما أفعله، والذي لَم يكن يهتم كثيرًا بما أفعله أو لا أفعله.

وقد اعتادا هما على ذلك أيضًا، ففي إحدى المرَّات جهَّزتُ لهما الطعام، وغفلتُ عن صوت خطواتهما، لأجد تينو وهو يضغط جرس الباب وهو يمدُّ يديه وتلك العجوز تقف على باب شقَّتها تنتظر هي الأخرى.

أخبرني نادر في تلك الليلة ألَّا أغادر الغرفة مطلقًا؛ فقد كانت صناديق الأدوية تملأ الصالة، وكنتُ أسمع صوته مع مصعب في الصالة وهما يقومان بإفراغ تلك الصناديق مِن عُلَب الدواء.

كنتُ أظنُّ أنَّهما سيَفرغان مِن ذلك سريعًا، ولكنَّني نِمتُ ولَم يكونا قد انتهيا، وعندما استيقظتُ في السابعة صباحًا كان نادر ينام إلى جانبي.

ذهبتُ إلى المطبخ لإعداد القهوة، لأفاجَأ بحقيبتَين كبيرتَين وُضِعَتا في الصالة، ولَم يكن هناك أي أثر لتلك الصناديق التي مُلِئَت بها الصالة ليلة البارحة.

استيقظ نادر في الساعة الحادية عشرة ظهرًا، ليشرب قهوته مسرعًا، ويحمل إحدى الحقيبتَين وينزل بها، ليعود بعد خمس دقائق، وقبل أن يأخذ الأخرى ناولني مبلغًا ماليًّا، وقال لي: هذه ألفا يورو، أبقيها معكِ حتَّى أعود.

كان قلبي ينبض بسرعة كبيرة، وكنتُ أمشي بالصالة ذهابًا وإيابًا، كان قلبي يحدِّثني بأنَّ هناك شيئًا سوف يحدث، حتَّى طعام الغَداء لَم أقُم بإعداده، واكتفيتُ بأن وضعتُ لتينو ما بقيَ مِن طعام الأمس.

كانت ساعة الحائط تشير إلى العاشرة مساءً، ونادر لَم يعُد بعد، ومرَّ الوقت ونادر لَم يرجع.

كان كلُّ شيءٍ ساكنًا، بل حتَّى تينو وتلك المرأة لَم يكونا يُصدِران أيَّ صوت، وعندما بدأتُ أسمع تلك الخطوات الكثيرة والمستعجلة وهي تصعد الأدراج، لتقف أمام الباب ويتعالى صوت الجرس والدَّقُّ على الباب.

نظرتُ مِن فتحة الباب إلا إنَّني لَم أرَ شيئًا، وكأنَّ أحدهم وضع يده كي لا أتمكَّن مِن رؤية أي شيء.

لَم أكَد أفتح الباب حتَّى دخل كثير مِن الرجال وهم يرتدون ملابس الشرطة مسرعين إلى الداخل، وكنتُ أسمع كلمة بوليس تتردَّد هنا وهناك، وبدءوا يفتِّشون كلَّ شيء في الشقة، ولَم يعثروا على أي شيء بعد أن قلبوا أثاث الشقة رأسًا على عقِب، ثمَّ طلبوا منّي مرافقتهم إلى مركز الشرطة.

بقِيتُ في المركز نحو ساعتين بعد أن جلبوا أحد المترجِمين، كان كلُّ ما فهمتُه أنَّ نادر يتاجر بالمخدِّرات، وأنَّ تلك الحقائب كانت تحتوي على كمية كبيرة منها، ولمَّا تأكَّدوا بأنّي لا أعلم شيئًا سمحوا لي بالانصراف على ألَّا أغادر روما دون أن أخبرهم.

كنتُ أصعد درج البناية عندما وجدتُ تينو يجلس عند مدخل بيتهم، وعندما رآني نظر إليَّ قليلًا، ثمَّ وقف ودخل شُقَّتِهم، وأغلق الباب بهدوء، كنتُ أشعر أنَّه كان ينتظرني وكأنَّه كان يريد أن يطمئنَّ عليَّ.

دخلتُ غرفة النوم، وجلستُ على السرير، كان الظلام دامسًا، ولَم أكن أرغب بأي نور في المكان.

استلقَيتُ على السرير بكامل ملابسي، أخذتُ أفكِّر بما حدث وما سيحدث، كنتُ أعرف بأنَّ نادر لن يعود قريبًا، وبدأتُ أدرك بأنَّ أيامي في روما قد أصبحَت معدودة، لأنهض فجأة وأقول: ولكن كيف؟! كيف ذلك؟! أريد أن أراه مرَّة أخيرة.

مضى أسبوع كامل على سجن نادر، وعادت حياتي إلى ما كانت عليه قبل سجنه، عدا أنَّني لَم أعد أنتظر أن يرجع في المساء.

لَم يحدُث في ذلك الأسبوع أي شيء سِوَى أنَّني خرجتُ في إحدى المرَّات لشراء بعض الحاجيات مِن البقالة، لأكتشف عند عودتي بأنَّي أخذت المفتاح الثاني بدلًا مِن مفتاح الشقة؛ فقد كان الاثنان معلَّقَين خلف الباب، إلا إنَّ محمود قد تصرَّف بسرعة بعد أن عدتُ إليه وأخبرتُه بما حدث معي، فاتَّصَل بأحدهم ليأتي ويفتح باب الشقَّة خلال دقائق معدودة كان فيها تينو يقف على باب شقتهم وهو يبتسم، وكأنَّه يعلم ماذا جرى معي.

بدأتُ أفكِّر بترتيب أموري، وأن أجهِّز نفسي للعودة إلى دمشق، وأخذتُ أفكِّر بما سيقوله سليم، وكيف سيبدأ بالقول: "أنا كنتُ ضِدَّ هذا الأمر مِن البداية"، وما سيقوله أهل الحارة

أيضًا، إلا إنَّ كلَّ ذلك لَم يكن يهمُّني، كنتُ أريد أن أزور نادر للمرَّة الأخيرة قبل عودتي إلى دمشق.

أخذ باب الشقة يُضرب بعنف، كانت الطريقة ذاتها عندما حضر رجال الشرطة، ركضتُ مسرعةً لأفتح الباب، وما إن فتحتُه حتَّى دخل مجموعة مِن الرجال قام أحدهم بوضع يده على فمي لمنعِي مِن الصراخ، بينما دخل بعضهم إلى غرفتي نومي، وسحبني الرجل إلى إحدى الكنب الموجودة وأجلسني، ثمَّ أخذ يتكلَّم مع أحدهم الذي قال لي باللغة العربية: إنَّه يقول لكِ إن أصدَرتِ أيَّ صوت فسيقوم بقتلك.

ليقول لي: أنا عربي مثلكِ، وأنا هنا لأترجم لهم فقط.

فهمتُ مِن أسئلتهم بأنَّ مهمَّة نادر كانت تقتصر على نقل كميَّة مِن المخدِّرات إلى مكانٍ ما، وعندما تمَّ القبض عليه وجدوا نصف الكميَّة فقط، كانوا يريدون أن يعرفوا أين أخفى نادر الكميَّة المتبقِّية.

أخذتُ أقسم لهم وأحلف بأنَّني لا أعرف أي شيء، وأنَّ نادر لَم يكن يخبرني بأي شيء سِوَى أنَّه يعمل في إحدى شركات الأدوية، إلا أنَّ كلَّ ذلك لَم يكن ينجح معهم؛ فقد كانت قبضة ذلك الرجل حوَل عنقي تخنقني، وكان ذلك المترجم يقول: إذا كنتِ تعلمين أيَّ

شيء أخبرَهم، صدِّقيني بأنَّهم لن يتورَّعوا عن قتلكِ؛ فالكمية التي أخفاها زوجكِ تقدَّر بالملايين.

أخذتُ أبكي وأقول: أقسِم بأنِّي لا أعرف شيئًا، والله لا أعرف شيئًا.

وكدتُ أجنُّ عندما اقترب منّي أحدهم وهو يحمل سكِّينًا، وما إن اقترب منّي حتَّى بدأ باب الشقة يضرب بجنون، اضطرب الجميع، وأشار أحدهم إلى رجل آخَر، فمشى ببطء وأخذ ينظر مِن العين السحرية كي يرى مَن الذي يطرق الباب، ثمَّ عاد وأخبر ذلك الرجل شيئًا ما، ليقول لي ذلك المترجم: هل ذلك الفتى الأبله يعيش معكِ هنا؟

فأجبتُه وأنا أرتعش: نعم.. نعم.

لَم يتوقف تينو عن طرق الباب بصورة جنونية، واضطرب الجميع، ثمَّ اقترب منّي ذلك الرجل، ووضع إصبعه على شفتَيه، ثمَّ نظر إلى ذلك المترجم الذي اقترب منّي وقال: سوف ينصرفون، إلا إنَّهم سوف يعودون، كلُّ ما عليكِ أن تفكِّري جيِّدًا؛ لأنَّهم لن يرحموكِ في المرَّة المقبلة.

نهضتُ وفتحتُ الباب بهدوء كما أخبروني، وخرجتُ خارج الشقَّة، وحضنتُ تينو، ثمَّ قاموا بالانصراف واحدًا تِلو الآخَر.

أدخلتُ تينو إلى داخل الشقة، وحضنتُه وأخذتُ أبكي وأنا أقبّله وأحضنه.

أصبح تينو يقضي معي معظم اليوم، ولا يعود إلى منزله إلا عندما تأخذ تللك العجوز بالصراخ عليه.

كان يأكل عندي، ولكنّي كنتُ أرسل معه بعض الطعام لتلك العجوز خوفًا مِن أن تمنعه مِن القدوم إليَّ، ومع ذلك كنتُ أسمعها تصرخ عليه لحظة دخوله إلى الشقة، وفي معظم الأحيان كانت تضربه أيضًا، لَم أكن أعرف لماذا كانت تعامله بهذا الشكل القاسي!

في أحد الأيام وبينما كنتُ مستغرقة بالنوم، بدأتُ أسمع ضربات تينو على الباب، ظننتُ أنّني كنتُ أحلم، إلا إنَّ صوت الضرب على الباب مع صراخ تينو جعلني أقوم مسرعةً لفتح الباب.

كان تينو يقف ويشير إلى باب شقتهم، وما إن نظرتُ هناك حتَّى وجدتُ قدَمَي العجوز خلف الباب، ركضتُ إليها فإذا هي مستلقية على الأرض وفاقدة الوعي.

لَم تمضِ سِوَى دقائق مِن اتِّصالي بالإسعاف حتَّى حضروا لنقل السيدة العجوز إلى المستشفى، وكانت لا تزال على قيد الحياة.

أخذتُ تينو إلى شقَّتي، ولكنه أخرج قلادة مِن داخل ملابسه، وأعطاني إيَّاها، كانت تحمل رقم جوَّال واسم شخصٍ ما.

أجابَتني فتاة عندما اتَّصَلتُ بذلك الرقم، وحاولتُ أن أخبرها بما تعلَّمتُه مِن اللغة الإيطالية بما حدث لتلك السيدة، ليأخذ تينو منّي الجوَّال، وأخذ يتكلَّم معها، وطبعًا لَم أكن أفهم شيئًا مِمَّا كان يقوله، ولَم أكن أظنُّ أنَّ الفتاة قد فهمَت شيئًا أيضًا، ولكن لَم يمضِ سِوَى ربع ساعة حتَّى كانت تلك الفتاة تطرق باب شقَّتي.

كانت تلك الفتاة هي الابنة الثانية لتلك السيدة العجوز، وكانت تعيش مستقلَّة عن والدتها في أحد أحياء روما مع صديق لها.

عادَتِ السيدة العجوز لمنزلها بعد أسبوع واحد قضَته في المشفى بعد تعرُّضها لنوبة إغماء بسبب مرض السكَّري الذي كانت تعاني منه، وأصبحَت ابنتها بلانكا تزورها كلَّ يوم، كما أنَّها أصبحَت صديقتي بعد أن علمَت بموضوع الطعام الذي أعدُّه يوميًّا لوالدتها واتِّصالي بالإسعاف، كما أنَّها أعطتني نسخة ثانية لمفتاح شقة والدتها خوفًا مِن حدوث شيء لوالدتها، ولا يدري بها أحد.

أخبرَتني بلانكا بأنَّها كانت تعيش مع والدتها وأختها راسيل المصابة بمرض عقلي، وأنَّها كانت تعتني كثيرًا بها، ولكن في أحد الأيام غفلَت عنها قليلًا، وكانت أُمُّهما خارج المنزل، بحثَت بلانكا عن أختها في كلِّ مكان ولكن لَم تجدها، لتعود بعد ساعة وثيابها ممزَّقة، وعندما شاهدَتها والدتها على هذه الحالة جُنَّ جنونها، وأخبرَتِ الشرطة، وتبيَّن أنَّها تعرَّضَت لاغتصاب مِن قِبَل شخصٍ ما، ولَم تؤدِّ تحقيقات الشرطة إلى أي شيء، ليتبيَّن بعد عدَّة أشهر أنَّ راسيل حامل.

قالت بلانكا: جُنَّ جنون أمّي، وتحوَّلَت حياتنا إلى جحيم لا يطاق.

كانت أمّي مسيحيَّة متديِّنة، رفضَت فكرة الإجهاض على الرغم مِن محاولات أقربائنا جميعًا لإقناعها بذلك، وفرضَت علينا سجنًا لا يطاق، وقرَّرتُ الهروب مئات المرَّات، إلا إنَّني لَم أكن أرغب أن أترك راسيل وحدها مع أمّي، وخاصَّةً أنَّ حالتها الصحيَّة كانت تزداد سوءًا كلَّما تقدَّمَت بها شهور الحمل.

تُوُفِّيَت راسيل بعدما أنجبَت تينو بساعات فقط، وتبيَّن أنَّ تينو مصابٌ بمتلازمة داون، لتبدأ مرحلة لا تطاق في الحياة مع أمّي؛ لذلك تركتُ لها البيت، وانتقلتُ للعيش وحدي، لَم تكلِّمني

أُمّي في البداية، إلا إنَّه مع مرور السنوات أصبحتُ أزورها مِن حين إلى آخَر.

تحسَّنَت حالة تلك العجوز، وعادت لِمَا كانت عليه مِن صراخ طوال النهار، وبدلًا مِن شكري على ما فعلتُه مِن أجلها منعَت تينو مِن زيارتي.

استغللتُ فرصة زيارة بلانكا لأمِّها في يوم مِن الأيام، وانتظرتُها حتَّى خرجَت مِن شقَّة والدتها لأطلب منها أن تأتي لشقَّتي؛ فقد كنتُ أريدها في موضوعٍ ما، وفعلًا دخلَت بلانكا عندي، وقمتُ بإعداد قهوة لها، ثمَّ قلتُ لها: بلانكا.. هل مِن الممكن أن تساعديني في إيجاد أي عمل؟لتقول لي وهي تبتسم: لا تقلقي، سوف أتدبَّر لكِ هذا الأمر.

لَم تمضِ إلا أيام قليلة حتَّى جاءتني بلانكا، ولحظة رؤيتها عرفتُ أنَّها تمتلك أخبارًا جيِّدة؛ فقد كانت عيناها تلمعان، والابتسامة ترتسم على وجهها، لتقول لي فورًا: لقد وجدتُ لكِ عملًا في مطعم وبار قريب مِن هنا، لا شكَّ أنَّكِ شاهدتِه عدَّة مرَّات، إنَّه على بُعد عدَّة شوارع مِن هنا، اسمه مطعم "لانتيكا"، وصاحبه كان صديقًا لأبي، واسمه فيتال، لقد وافقَ على أن تبدئي العمل منذ الغد.

كان الشيء الوحيد الذي منع فرحتي هو كلمة بار، ولكنَّها تابعَت لتقول: سيكون عملكِ في المطبخ والإشراف على نظافته وبعض الأمور الأخرى التي سيقوم فيتال بشرحها لكِ، وسيكون راتبك المبدئي هو ستمائة يورو.

ضَمَمتُ بلانكا بقوَّة، وأعربتُ لها عن جزيل شُكري.

كان فيتال عجوزًا طيِّبًا، تكاد السيجارة لا تفارق فمه، وكان يستخدم يديه أثناء الكلام أكثر مِن لسانه، الأمر الذي جعل التَّواصل معه أسهل بكثير مِن لهجته الإيطالية الصعبة.

كان عملي كما قالت بلانكا هو نظافة المطبخ والإشراف على نظافة الصالة.

كان المطعم صغيرًا لا يتَّسِع لأكثر مِن عشر طاولات تتوسَّطه منصَّة صغيرة كما رأيتَه أنتَ، أمَّا المطبخ فقد كان صغيرًا بعض الشيء، وفيه طبَّاخ يُدعَى ديفيد، يعاونه الفتى فيرو، وهو صبيٌّ في السادسة عشرة مِن عمره، وهو ابن أخت فيتال، وكان لصًّا ماهرًا يستطيع سرقة أيِّ شيء منك دون أن تدري.

أحببتُه منذ اليوم الأول لعملي؛ فقد كان خفيف الدَّمِ، وضعَته أمُّه عند خاله فيتال خوفًا عليه مِن أن ينضمَّ لأي عصابة سرقة بعد أن قبضَتِ الشرطة عليه أكثر مِن مرَّة بتُهمة السرقة.

وكانت هناك الفتاة بامبي التي تتولَّى أخذ طلبات الزبائن وتقديم المأكولات والمشروبات، أمَّا فيتال فقد كان مكانه خلف البار.

كان دوامي هناك مِن الساعة السابعة مساءً حتَّى الساعة الثانية صباحًا، ولَم يمرَّ وقت طويل على عملي هناك حتَّى لاحَظ فيتال الفرق الكبير في نظافة المطبخ ومعدَّات الطبخ، كنتُ أعمل مِن كلِّ قلبي، وكنتُ أحبُّ الجميع هناك، وبدأ الجميع يحبُّني، ولَم أجعل عملي يقتصر على شيء، بدأتُ أتدخَّل في كلِّ شيء، بل وحتَّى نوعيَّة الخضار والفواكه التي كانت تُورَّد إلى المحل، وعندما بدأ المورِّد يشتكيني إلى فيتال لأنِّي كنتُ أرفض أن أدع ديفيد يتسلَّم تلك الموادَّ، سمعتُ فيتال يقول لهم: عندما تغنِّي في الحمَّام أغلِق الباب خلفك.. ثمَّ تابَع قائلًا: لا علاقة لي، تفاهَموا معها.

لَم أفهم ما علاقة الغناء بالحمَّام بما كان ذلك الرجل يقوله، ولكنِّي بقيتُ لا أتسلَّم الخضار أو الفاكهة إذا لَم تكُن تعجبني.

توجَّهتُ إلى سجن روما المركزي لزيارة نادر، تلك الزيارة التي انتظرتُها طويلًا، رأيتُه فيها لمدَّة خمس دقائق فقط، ولَم أره بعدها حتَّى هذا اليوم.

بعد عملي في ذلك المطعم لَم تعُد تستهويني فكرة العودة إلى سوريا مباشرةً، وقرَّرتُ العمل بعض الوقت هنا في روما، حتَّى عندما أخبرتُه عمَّا حدث مع نادر لَم يسألني ماذا أنوي أن أفعل، كنتُ أتوقَّع منه أن يقول لي احجزي على أول طائرة عائدة إلى دمشق، إلا إنَّه بدأ يخبرني بأنَّ المحل يتعرَّض لخسائر كبيرة، وأنَّ والدي لَم يكن يدفع أيَّ ضرائب، مِمَّا نتج على ذلك تراكم مبلغ كبير مِن المال للحكومة، ولا ينفك جابي الضرائب، يهدِّده بالسجن أو الحجز على المحلِّ.

أمَّا أمي فقد كانت في عالَم آخَر بعدما فقدَت معظم سمْعها.

أصبحَت حياتي تقتصر على عملي في ذلك المطعم، والعودة إلى المنزل والجلوس مع تينو.

كان تينو قد أصبح كلَّ حياتي، وكنتُ أعامله كطفل صغير لي، كنتُ أستمتع بالنظر إلى وجهه وتعابيره عندما يتكلَّم، كان أجمل شعور عندي عندما أراه يضحك مِن كلِّ قلبه، وكنتُ أضحك كثيرًا عندما كان يردِّد الكلام السُّوري خلفي، كان ينطق اللهجة الشامية بطريقة تُميتني مِن الضحك!

كان فيتال غاضبًا جدًّا في ذلك اليوم، فبامبي مريضة، وقد أخبرته بأنَّها غير قادرة على العمل اليوم، وكان لا يكفُّ عن الكلام

مع نفسه وتحريك يديه يمينًا ويسارًا، والسيجارة تكاد تحرق شفتيه، ولا يرميها.

كنتُ أسمعه يقول غاضبًا بأنَّ أمَّه ربَّت ثلاثة أولاد، وكانت تعطي والده صباح كلِّ يوم لائحة بالموادِّ التي يجب عليه أن يُحضِرها عند عودته مِن العمل، وكان والده يعود دائمًا وقد نسيَ شيئًا مِن تلك الموادِّ إلا الجريدة اليومية، لَم يكن ينساها أبدًا.

كنتُ أحاول أن أفهم دائمًا ماذا يعني بقصصه، أو ما علاقتها بالموضوع الذي يجعله غاضبًا، إلا إنَّني لَم أكن أستطيع ذلك، وعندما سألت فيرو عن ذلك أخذ يضحك ويقول: لقد توقَّفتُ عن محاولة ذلك منذ زمن بعيد.

بدأتُ العمل في الصالة منذ ذلك اليوم؛ فبامبي أجرَت عمليَّة المرارة، وكانت مضطرَّة للغياب شهرًا كاملًا.

كان الأسبوع الأول لي حافلًا، فلَم يكن الأمر بسيطًا أبدًا، إلا إنَّني بذلتُ كلَّ ما في وسعي حتَّى أغطِّي على فترة غياب بامبي، حتَّى ذلك اليوم الذي حضرَت فيه مجموعة لا تقِلُّ عن عشرة أشخاص كانوا يثيرون ضجيجًا كبيرًا في المكان وكأنَّهم عادوا للتوِّ مِن ملعب لكرة القدم بعد فوز فريقهم بالمباراة.

توجَّهتُ إليهم، وأعطيتُ قائمة الطعام والشراب لأول شخص كان يجلس على تلك الطاولة الكبيرة، فإذا به يشير إليَّ

أن أعطيها إلى أحد الأشخاص الذين يجلسون في منتصف الطاولة.

نظر إليَّ ذلك الشخص وقال لي: ألا أبدو أيَّتها الغبية بأنَّني الشخص المهمُّ هنا؟! أين بامبي؟!

شعرتُ بأنَّ الدَّم يغلي في رأسي لأقول له: في الحقيقة عدا تلك السترة التي ترتديها، والتي تبدو فيها كمهرِّج السيرك، فصدِّقني لا شيء يميِّزك.

استغرق جميع مَن كانوا بجواره بالضحك، وأخذوا يصيحون كالمجانين، مدَّ يده ذلك الرجل ليأخذ منّي تلك اللائحة، وما إن أمسكها حتَّى أعادها لي وهو يحمل الإسوارة الذهبية التي كنتُ أرتديها، والتي لَم أعرف كيف استطاع أن يأخذها مِن يدي بتلك السرعة الرهيبة دون حتَّى أن أشعر ليقول لي: ماذا تسمّي هذا؟ أخذتُ إسوارتي!

قلتُ له: في بلدي نسمي هذا نشلًا وسرقة.

ليعلو صوت الجميع بالضحك والتشجيع، أدرتُ ظهري وأنا أريد أن أترك تلك الطاولة، فإذا بيد تربت على ظهري لألتفِت خلفي، وأراه يحمل حمَّالة الصدر الخاصَّة بي، ويقول وماذا تسمُّون هذا؟

لَم أجد نفسي إلا وأنا أصفعه على وجهه وأقول: نسمّيه في بلدي قلَّة أدب.

علا صوت الضجيج في الصالة، ولَم أعد أستطيع أن أسمع شيئًا، كنتُ كلَّ ما أراه هو وجوه تضحك وتحرِّك أفواهها، وكنتُ أرى الكثير منهم وهو يوجِّهون كاميرات جوَّالاتهم باتِّجاهي.

كنتُ أرى ديفيد وفيرو وهما يخرجان مِن المطبخ ليرَيَا ماذا يحدث، ورأيتُ فيتال وهو قادم باتِّجاهي مسرعًا وهو يحرِّك يديه ويكلِّم نفسه، كنتُ كلّ ما أريده هو أن أبكي وأن أعود إلى دمشق.. يا إلهي.. كم كنت أشتاق إلى أبي في تلك اللحظات!

كان فيتال يتكلَّم مع باريزي، ويطلب مِن الجميع أن يعودوا إلى طاولاتهم، بينما جاء فيرو وسحبني مِن ذراعي إلى المطبخ.

جلستُ في المطبخ، وأخذتُ أبكي، وكان فيرو يحاول تهدئتي حتَّى جاء فيتال وأخذ يتحدَّث فوق رأسي، كنتُ أسمعه أو على الأقَلِّ ما استطعت أن أفهم مِمَّا قال أنَّ كلَّ عام يموت في إيطاليا آلاف الرجال، إمَّا بحوادث السيارات، أو مِن التدخين، أو مِن السكتات القلبية، ومع ذلك يزداد عدد السكَّان بشكل كبير، كان يريد أن يعرف كيف تحمل وتنجب تلك النساء.

لَم أستطِع أن أفهم ماذا كان يريد فيتال أن يقول، أو ما الرسالة التي يريد أن يوصِّلها لي، إلا إنَّ نظرة واحدة إلى وجه فيرو

الذي كان يقف خلف فيتال جعلَتني أضحك؛ فقد كان يشير إليَّ بأنَّ فيتال مجنون.

سحبني فيتال مِن يدي، وأخذني إلى طاولة باريزي، وعندما وصلنا طلب مِنّي أن أعتذر له، إلا إنَّ باريزي قال: لا داعي لذلك سيِّد فيتال؛ فأنا الذي قلَّل مِن احترام هذه الفتاة الجميلة.

ثم دنا مني وقال: ما اسمكِ؟

فأجبتُه بأنَّ اسمي هو أسماء، فنظر مستغربًا، وأخذ يردِّد: أسماء.. أسماء.. ثمَّ تابَع قائلًا: مِن أين أنتِ يا أسماء؟

فأجبتُه: أنا مِن سوريا.

ليقول: سوريا.. أنتِ عربية إذًا!! هل تعرفين بأنَّني أعرف الكثير عن سوريا؟! على كلِّ حال قد تأتي الفرصة لنتحدَّث عن ذلك فيما بعد.

ليصيح فيتال قائلًا: المشروب اليوم على حساب العجوز فيتال، ليعلو صراخ الجميع في الصالة فرحًا.

لَم يأتِ الصباح إلا ونصف إيطاليا قد أصبحَت تعرف بما حدث ليلة أمس في المطعم بعد أن انتشر على اليوتيوب مقطع الفتاة العربية التي صفعَت ساحر روما العظيم.

ربطَتني بعد ذلك صداقة كبيرة بالسيد باريزي، كان إنسانًا كبيرًا بكلِّ ما تحمل الكلمة مِن معنًى، وأصبح يعاملني كصديقة

له، وكثيرًا ما كان يدعوني للجلوس بجانبه للتحدُّث قليلًا عندما لا يوجد عدد كبير مِن الزبائن في الصالة، وأخبرتُه بكلِّ ما حدث معي منذ لحظة قدومي إلى إيطاليا، وتعاطَف معي كَثيرًا عندما سمع ذلك.

أحببتُ عملي في الصالة كثيرًا، وكان فيتال فرحًا مِن أدائي إلى حدٍّ كبير، مع أنَّه لَم يكن يهتمُّ حتَّى أن يبدي ذلك، ولكنِّي كنتُ أعلم ذلك عندما كان لا يقول أيَّ شيء مِن قصصه الغريبة.

أصبحَت حياتي تنقسم بين عملي في المطعم مساءً، وشقَّتي الصغيرة التي لا أفعل شيئًا فيها سِوَى الجلوس والتأمُّل وانتظار تينو أن يتمكَّن مِن الهرب مِن تلك العجوز والقدوم لزيارتي ولو لبعض الوقت القصير، كنَّا نقضيه في الكلام بدون أي معنًى، والضحك مِن كلِّ قلبنا، كنتُ كلَّ ما أحمل همَّه هو أنَّني كنتُ أعرف بأنَّه عند عودته ستقوم تلك العجوز البليدة إمَّا بالصراخ عليه أو بضربه بذلك العكَّاز، الذي في إحدى المرَّات رأيتُ علاماته على كتفه.

كان ليلة نهاية الأسبوع، أي إنَّ الصالة ستكون الليلة مزدحمة عن آخِرها كالعادة في نهاية كل أسبوع.

بدَّلتُ ملابسي، وتوجَّهتُ إلى الصالة لأتأكَّد أنَّ كلَّ شيء على ما يرام، كنتُ أرى فيتال خلف البار وهو يتكلَّم مع نفسه، وعندما رآني

أخذ يهزُّ رأسه، فعرفتُ مِن ذلك بأنَّه شعرَ بالاطمئنان، وفعلًا بدأت طاولات الصالة تمتلئ عن آخِرها، وزاد الضغط على المطبخ، فكنتُ أغتنم أيَّ فرصة للدخول هناك ومساعدة ديفيد وفيرو، اللَّذين كانا يعملان بأقصى طاقة.

عدتُ مجدَّدًا إلى الصالة لأجد مجموعة مِن الزبائن لا يقلُّ عددهم عن خمسة أشخاص يجلسون على الطاولة الأخيرة الفارغة في الصالة.

بدأت الفرقة بالعزف، وبدأ جوُّ الصَّالة يمتلئ بدخان السجائر وأصوات الصحون والكؤوس، وأصوات الزبائن تملأ الصالة.

أخذتُ لائحة الطعام، وتوجَّهتُ إلى تلك الطاولة، وما إن نظرتُ هناك حتَّى كاد قلبي يتوقَّف أو يخرج مِن مكانه، كان هو.. نعم هو بوجهه الجميل، وذقنه الخفيفة، وضحكته الرائعة، وكاميرته التي كان يضعها على الطاولة، كان علاء.. نعم علاء.

أخفيتُ نفسي، ووقفتُ خلف إحدى أعمدة الصالة محاولةً التقاط أنفاسي، ثمَّ توجَّهتُ مسرعةً إلى غرفة تبديل الملابس، فتحتُ خزانتي، ونظرتُ إلى المرآة المثبتة على بابها، كنتُ أشعر بأنَّني أرى وجهي لأوَّل مرَّة منذ قدومي إلى إيطاليا، كان باهتًا شاحبًا، وعيناي غائرتَين، أخذتُ أقرص خدودي محاولةً أن

أحرِّك بعض الدماء فيهما، وأرتِّب شَعري قليلًا، ثم بدأتُ أتنفَّس ببطء وأقول لنفسي: "ابقي هادئة، أنتِ قويَّة".

عدتُ إلى الصالة، وتوجَّهتُ إلى تلك الطاولة، كنتُ أريد أن أرى ردَّة فعله عندما يراني، لا بدَّ بأنَّها ستكون مفاجأة عمره.

كنتُ أريد أن أعرف فقط لِماذا لَم يأتِ تلك الليلة؟ ما الذي حدث معه؟ كنتُ أريده أن يقول أيَّ شيء، ولكنِّي قرَّرتُ أن أبدو وكأنَّني لَم أتذكَّره.

كنتُ أسمع صَوت خفقان قلبي يزداد مع كلِّ خطوة أخطوها باتِّجاه طاولته، كنتُ أخاف ألَّا أصِل إلى هناك أبدًا!

يا إلهي.. لقد بدأ ينظر إليَّ، والتقَت عينانا، لَم أستطِع أن أمنع نفسي مِن الابتسام، وما إن وصلتُ هناك حتَّى مال برأسه إلى صديقه وقال: انظر إلى هذه الساقطة الإيطالية كيف تنظر إليَّ، تكاد تأكلني بعينَيها، هل تراهن بأنَّها ستقضي الليلة معي في الفندق؟ ليبدأ الاثنان بالضحك.

ساقطة؟! يا إلهي.. ساقطة.. لَم يعرفني.. معقول أنَّه لَم يعرفني وهو الذي لَم يغِب عن بالي أبدًا؟!

يا إلهي.. لِماذا وجه أخي سليم يتراءى لي في تلك اللحظة، يا إلهي.. هل كان معه حقٌّ عندما كان يخاف عليَّ مِن كلِّ شيء؟! عندما كان يقسو عليَّ كلَّ تلك القسوة؟! ووجه أبي أمامي الآن

وهو محرَج أمام رفاقه وقد تأخَّر العريس الموعود، وأمِّي والعرق يملأ وجهها وهي تجهِّز الكبة والقطايف العصافيري، والجميع ينتظر العريس الموعود.

كنتُ أشعر بيدَيَّ وهي ترتجف، حاولتُ أن أتمالك نفسي وألَّا يبدو عليَّ أي شيء وأنا أسجِّل طلباتهم، وأراقب عينيه علَّه يتذكَّرني.

ذهبتُ إلى المطبخ، وبكَيت كما لَم أبكِ مِن قبل، كنتُ كلَّ ما أريده أن يكون لي جناحان وأعود إلى الشام الآن.

جاءني الطبَّاخ ديفيد وفيرو، وأخذا يسألاني ما بي، إلا إنَّني لَم أكن قادرة حتَّى على الكلام.

لا أدري مَن استدعى فيتال الذي جاء مسرعًا وهو يتمايل يمينًا ويسارًا، ولمَّا اقترب دنا مِنِّي وقال لي: ماذا حدث؟لَم أكن قادرة حتَّى على الكلام، ثمَّ سمعتُه يقول: عندما تترك أمك تخبز في البيت وتمشي بين أشجار الزيتون انتبِه إلى العربات التي تنقل الفاكهة على الطريق.

مسحتُ دموعي بكفِّي، ووقفتُ لأجد فيرو وهو يناولني منديلًا مسحتُ به يدَيَّ مِن آثار دموعي، ونظرتُ إلى وجهي في إحدى الصَّواني المعلَّقة، وأخذتُ أرتِّب شَعري وأمسح ما تبقَّى مِن آثار على وجهي، وعدتُ إلى الصالة.

تفنَّن علاء في محاولات إغوائي وكأنَّه يريد أن يكسب الرِّهان مع صديقه الجالس بجانبه، كان يستغلُّ أيَّ فرصة تأتيه للكلام معي عندما أُحضِر طلباتهم أو عند المرور بجانب طاولتهم، ثمَّ بدأتُ أبتسم له مِن حين إلى آخَر، الأمر الذي كان يدفعه للجنون في محاولات التقرُّب منِّي ليقول لي أخيرًا: أريد أن أراكِ، أنتِ لا تعرفين ما فعلتِه بي.

طبعًا كان يكلِّمني بالإنجليزية، فعدتُ إلى المطبخ وكتبتُ له باللغة الإنجليزية على قطعة ورق صغيرة: غدًا الساعة الحادية عشرة صباحًا عند نافورة تريفي.

كانت نافورة تريفي في روما هي نافورة الحب الشهيرة.

لَم يعجبه الأمر كثيرًا عندما قرأ الورقة، وبدأ يلحُّ أن أراه الليلة، إلا إنَّني لَم أعُد أجبه أو أقترب منه، وكلُّ ما فعلتُه هو أن ذهبتُ إلى المطبخ وقلتُ لفيرو: فيرو.. أريد منك خدمة العمر.

ليجيبني: أنتِ تستطيعين أن تطلبي منِّي أيَّ شيء.

فقلتُ له: أريد أن تذهب معي إلى الصالة، وسوف أريك أحد الزبائن، سوف يكون غدًا عند نافورة تريفي، كلُّ ما أريده منك هو أن تأخذ منه كلَّ ما يمكنك أن تأخذه دون أن يشعر بك.

فقال فيرو: هل تريدين لباسه الداخلي أيضًا؟

فضحكتُ والحزن يملأ قلبي، وقلتُ له: لباسه الداخلي أبقِه لك.

كانت الساعة الثانية عشرة عندما طرق فيرو على باب شقَّتي، ولمَّا فتحتُ له الباب كان وجهه باسمًا، ومدَّ يده بحقيبة صغيرة وهو يقول ضاحكًا: أبقيتُ له لباسه الداخلي.

دخل فيرو الشقَّة وهو يقول: أسهل عمليَّة نشل أقوم بها في حياتي؛ فصديقنا كان مشغولًا بمغازلة إحدى الفتيات، ولَم يدرِ عن شيء، بل لعلَّه حتَّى الآن لَم يكتشف بأنَّه قد سُرِق.

لا أدري لماذا شعرتُ ببعض الغيرة، وقلتُ في نفسي: ما هذا الإنسان الذي يستغلُّ وقت انتظاره لفتاة في محاولة إغواء فتاة أخرى؟!

كنتُ كلَّ ما أريده أن أنظر ماذا تحتوي تلك الحقيبة، إلا إنَّني لَم أكن راغبة بأن أقوم بذلك أمام فيرو؛ لذلك ما إن شرب فيرو قهوته حتَّى قلتُ له: فيرو.. اذهب ونَم الآن.

فضحك فيرو قائلًا: ألن نتقاسم ما في تلك الحقيبة؟

فقلتُ له بجدِّية: فيرو.. اذهب الآن.

فضحك قائلًا: على كلِّ حال هذه المرَّة أنا أسامحكِ، ولكن في المرَّة القادمة النِّصف بالنِّصف.

كانت يداي ترتجفان عندما فتحتُ تلك الحقيبة، وأوَّل ما أخرجتُه منها هو جواز سفره، وظرفًا كانت فيه تذكرة سفر إلى الولايات المتحدة الأمريكية، نظرتُ إلى تاريخ السفر فوجدتُه يوم الخميس القادم، أي إنَّه بعد أربعة أيام، فتحتُ بعدها الجواز لأجد أنَّ اسمه كان عمرو وليس علاء كما أخبرني!

يا إلهي.. كان يخدعني منذ البداية، وإلَّا لِمَ لَم يخبرني باسمه الحقيقي؟!

كان الشيء الآخَر الذي وجدتُه هو محفظته الشخصية، قلتُ في نفسي: لنرَ كيف ستنفق هنا في روما، وكيف ستسافر إلى أمريكا يوم الخميس.

والشيء الأخير الذي كان في تلك الحقيبة هو موبايل آيفون.

رمَيتُ كلَّ ما تحتويه الحقيبة جانبًا، وأمسكتُ بجواز سفره، وأخذتُ أنظر إلى صورته.

استيقظتُ بعد العصر كالعادة، كنتُ أريد أن أرى تينو كي نأكل معًا وأبدأ الاستعداد للذهاب إلى العمل، وكان جواز سفره لا يزال في يدي، رمَيتُه جانبًا، وتوجَّهتُ إلى المطبخ كي أبدأ تحضير الطعام.

كان يبدو عليه الشحوب والتوتُّر، كنتُ أراه يجلس على نفس الطاولة التي جلسوا عليها البارحة، وما إن رآني أدخل الصالة حتَّى كاد يقفز مِن مكانه، ولكنَّه تمالَك نفسه.

تجاهلتُ طاولتهم، وبدأتُ بأخْذ طلبات الزبائن الآخَرين، وكنتُ أختلس النَّظر إليه لأجد التَّوتُّر يكاد يقتله.

أخيرًا ذهبتُ إلى طاولتهم، وما إن اقتربتُ منهم حتَّى قال لي: لماذا لَم تأتي اليوم؟ هل تعرفين أنَّني بقِيتُ أنتظر هناك حتَّى المساء وبسببك قد تعرَّضتُ للسرقة؟

فأجبتُه بكلِّ برود: لقد نسِيتُ.

كنتُ أراه وهو يكاد يجنُّ مِن جوابي، إلا إنَّه كان يحاول أن يتمالك أعصابه ليقول لي بلطافة مصطَنعة: اليوم ستذهبين معي.

ابتسمتُ ابتسامة خفيفة ولَم أردَّ عليه.

بقِيتُ أراقبه طوال فترة السهرة، كان متوتِّرًا للغاية، وقد سمعتُه في إحدى المرَّات عندما كنتُ قريبة مِن طاولته وهو يقول لصديقه الذي بجواره: إن لَم أعثر على الجواز فقد ضاع مستقبلي، وهذا يعني أنَّني لن أُسافر معكم إلى أمريكا يوم الخميس، بل وقد هدَّدني المخرج بأنَّني إن لَم أعثر على جوازي

غدًا فسوف يبعث برسالة إلى الشركة المنتِجة لتقوم باستئجار مصوِّر سينمائي في أمريكا بدلًا منّي.

كان يكثر مِن الشرب، وكان القلق باديًا عليه بصورة واضحة، بل إنَّه حاول أن يلمس يدي عندما قدَّمتُ لهم بعض الطعام، إلا إنَّني سحبتُها بلطف، كنتُ أحاول أن أبقيه على أمله فيما يدور في باله.

عندما قارَبَتِ السهرة على الانتهاء بدأ يلحُّ عليَّ كثيرًا، بل إنَّه بدأ يشير إليَّ أن أحضر إليه – إذ كنتُ بعيدة – ليتكلَّم معي.

اقتربتُ منه، وقلتُ له: اليوم عندي ظروف خاصَّة، لنرَ ما سيكون غدًا.. وترَكتُه دون أن أدع له فرصة للردِّ.

عدتُ إلى المنزل، واستلقَيت على السرير أفكِّر فيما جرى معي، كنتُ أسمع صوت تلك الشمطاء وهي تصرخ على تينو، ثمَّ أسمعه يبدأ بالصراخ متألِّمًا، عندها كنتُ أعرف بأنَّها قد ضربَته بعصاها.

يا إلهي.. كم أودُّ أن أنهال عليها ضربًا بتلك العصا لتعلَم مدَى الألم الذي تتركه على الجسد، كان يعصر قلبي عندما كنتُ أسمع صوت أنينه متألِّمًا، وأحاول أن أشغل نفسي بأي شيء.

نظرتُ إلى جانب السرير، كانت أغراض علاء أو عمرو مترامية على السرير، أمسكتُ بجواز بسفره، ووقعَت عيني على

ذلك الموبايل، أمسكتُه وضغطتُ على زرِّ التشغيل، إلا إنَّه سرعان ما طلب كلمة السرِّ.

شردتُ قليلًا، ثمَّ شعرتُ بنفسي وأنا أبتسم ابتسامة خبيثة، وقمتُ بإدخال (2469)، وإذا بالموبايل يقبل ذلك الرمز.

بدأ قلبي بالخفقان، وأصبحَت يداي ترتجفان، قمتُ بفتح الأستوديو، وأخذتُ أنظر ما يحتويه مِن صور كثيرة.

كان زير نساء مِن الطراز الأول، عشرات الصور لنساء مختلفات، لا شيء سِوَى النساء.. يا إلهي.. هل هذه هي حياته؟!أخذتُ أبحث في قائمة الأسماء، كانت القائمة تحتوي كلَّها على أسماء نساء وبلدان، بحثتُ عن اسمي إلّا إنَّني لَم أجده، أتراه حذفه؟ أم لَم يحفظه؟ يا إلهي.. هل كنتُ رخيصة عليه إلى تلك الدرجة؟!

ثمَّ خطرَ لي أن أُدخِل رقمي القديم في سوريا، فإذا بِاسْم شام 2 هو الذي تمَّ حِفظه، هل كنتُ أنا رقم اثنين؟!

تابعتُ البحث، فوجدتُ شام 3 أيضًا، بدأتُ أفهم معنى أسماء البلدان التي ظهرَت لي في قائمة الأسماء.

رمَيتُ الجوَّال مِن يدي؛ فقد شعرتُ بالاشمئزاز منه ومِن نفسي ومِن كلِّ شيء، هل يوجد بشر هكذا؟!

كان الغضب يتملّكني، حتّى إنَّني لَم أستطِع البقاء على السرير، ونهضتُ أمشي في أرجاء الشقَّة كالمجنونة أو اللَّبؤة داخل قفص ضيِّق.

خطرَ لي عندما سمعتُ صوت تينو يصرخ داخل شقتهما أن أدخل على تلك العجوز الشمطاء، وأنهال عليها ضربًا.

استيقظتُ ذلك اليوم على صوت تينو وهو يطرق الباب، فتحتُ له الباب ليدخل، فإذا به يعرج، فسألتُه: ما بكَ؟ ولكنَّه أشار برأسه بأنَّه لا يوجد أي شيء، ولكنّي أجلستُه على الأريكة وأخذتُ أرفع طرف بنطاله، إلا إنَّه أخذ يمانع، فصرختُ فيه وتابَعتُ رفع بنطاله، فإذا بفخذه متورِّمًا ولونه أزرق!

دخلتُ المطبخ، وأحضرتُ منديلًا بعد أن بلّلتُه بالماء الساخن، ولففتُه حول فخذه، وجلستُ بجانبه، وضَمَمتُه وأخذتُ أبكي.

كان يجلس في تلك الليلة، وتبدو عليه حالة الانهيار بذقنه الطويل، وشَعره الذي لَم يتعَب بتصفيفه، يا إلهي.. كم يبدو قبيحًا في عيني ذلك الماكر، وما أروع منظره وهو ينهار أمام عينيَّ، حتَّى لهفتُه عليَّ بدَت أخفَّ كثيرًا، بل لعلَّه قد قدِم الليلة فقط كي لا يبقى وحيدًا في الفندق وقد بقي يومان فقط على موعد سفره.

دخل الساحر باريزي بهيبته الكبيرة ومعه حاشيته التي لا تفارقه، ولَمَّا رآني تقدَّم نحوي، ورفع يدَيَّ إلى وجهه وقبَّلها قائلًا: أيقونة باريزي الجميلة.

مشَيتُ معه إلى طاولته حتَّى جلس، وكان جميع مَن في السهرة يراقبنا، وقعَت عيناي على علاء وكان ينظر باتِّجاهي، ولمَعَت في رأسي فكرة شيطانية لأجدني أقول لباريزي: سيِّد باريزي، هل مِن الممكن أن أتكلَّم معك قليلًا قبل أن تنصرف؟

كان همِّي في تلك اللحظات أن أُبقِي الأمل داخل علاء كي يأتي غدًا للسهرة؛ فقد كنتُ أعرف بأنَّ موعد سفر أصدقائه هو بعد غد، وقد يفضِّلون الراحة قبل يوم السفر؛ لذلك فكَّرتُ في شيء آخَر يجعلهم يأتون جميعًا.

كان منظر علاء وهو يشرب الكحول ولا يفعل شيئًا سِوَى أن يفرك رأسه ووجهه مِن حين إلى آخَر يثير الشفقة بين أصدقائه، إلا إنَّه بدأ يُشعِرني بالاشمئزاز، يا إلهي.. إلهي الحب كم يجمِّل الأشياء، على الإنسان ألَّا يجعل سعادته في أي شخص بالعالم.

كنتُ أشعر بأنَّه فقد الأمل معي؛ لذلك كانت محاولاته بائسة وتقتصر على جملة: ها.. حشوفك اليوم.. كلَّما أحضرتُ لهم أيَّ طلب.

في نهاية السهرة توجَّهتُ إليهم لأعطيهم الفاتورة، وقلتُ لهم: غدًا أنتم جميعًا مدعوون للسهرة على حساب المطعم.

عَلا الاستهجان والترحيب بينهم، وقال علاء لأصدقائه والسُّكْر كان واضحًا عليه: ألَم أقُل لكم إنَّ هذه الساقطة أحبَّتني؟! إلا إنَّ في عينَيها سرًّا أموت وأعرفه، أتعرفون.. أشعر بأنَّني قد التقيتُها مِن قبل في يوم مِن الأيام.

مشيتُ مع باريزي حتَّى جلسنا على طرف هذ النافورة التي نجلس عليها الآن، وحكَيتُ له قصتي كاملة مِن لحظة قدومي مِن دمشق إلى ذلك اليوم.

سمع باريزي قصتي، وأطرق رأسه قائلًا: لن أقف أمام رغبة فتاة مجروحة في الصميم حتَّى لو كان طلبها لا يتوافق مع مبادئي.

ثمَّ وقف وقال: موعدنا غدًا أيَّتها الشرِّيرة.

عدتُ إلى شقتي وأنا أفكِّر في الترتيبات لليلة الغد، وغمرتني سعادة ونشوة كبيرة.

أخذتُ أمشي في الشقة وأسترق السَّمع، علَّني أسمع صوت تينو، إلا إنَّني لَم أسمع شيئًا.

استيقظتُ باكرًا وأنا في كامل نشاطي، وأخذتُ أعِدُّ طعام الإفطار في انتظار قدوم تينو ليُفطِر معي بعد أن أحضرتُ له بعض الدَّواء المسكِّن لِمَا فعلَته به تلك الشمطاء.

بدأتُ الاستعداد للذهاب للعمل، وارتديتُ أجمل ما عندي مِن فستان، وأخذتُ أمشي به أمام تينو مختالة وهو ينظر إليَّ وهو يبتسم، وكنتُ أقول له: هل أبدو جميلة؟ فيهزُّ رأسه بقوَّة نحو الأسفل، ويقول نعم، وهو يضحك ببراءة كبيرة، وأقول له: هيَّا اكبر قليلًا كي نتزوَّج.

كان دخولي للصالة بفستاني الجميل وتسريحتي الجديدة محلَّ استغراب واندهاش الجميع؛ فقد اعتادوا على رؤيتي ببنطال الجينز وتلك البلوزة البيضاء طوال الوقت، وأخذ فيرو يصدر صفيرًا معربًا عن إعجابه واندهاشه بما يراه، أمَّا فيتال فقد سمعتُه يقول: الطفل يبكي في الداخل، وأمُّه تعدُّ الطعام، وكلب الحقل يغدو ذهابًا وإيابًا.

كانت الصالة شبه ممتلئة بزبائنها المعتادين، وكان علاء جالسًا وقد بدا الشحوب عليه، كان يرى مستقبله ينهار أمامه، ولا يفكِّر إلا بمتعته!

يا إلهي، ما هذا الشخص؟! كنتُ أريد شيئًا واحدًا يجعلني أتراجع عمَّا عزمتُ عليه الليلة، ولكنَّه كان يثبت قذارته بكلِّ تصرُّف وكلِّ نظرة يوجهها إليَّ.

كان باريزي ينتظر تلك الإشارة منِّي حتَّى صعد إلى تلك المنصَّة الصغيرة التي تجلس عليها تلك الفرقة الموسيقية، واستأذن منهم

برغبته أن يقوم بعرض صغير، عَلا التَّصفيق بالصالة، فمَن هذا المحظوظ الذي سيَحضر عرضًا مباشِرًا لباريزي ساحر روما الشهير؟!

وقف باريزي بهيبته الكبيرة وصوته الأجشّ قائلًا باللغة الإنجليزية: عرضي اليوم ستشاركني فيه أيقونتي الجميلة أسماء. بدأ الجميع بالتَّصفيق وأنا أمشي باتِّجاهه حتَّى وقفتُ بجانبه على المنصَّة.

كانت أعيُن الجميع تتَّجه نحونا عندما بدأ باريزي عرضه بقوله: في زحمة هذه الحياة قد تسقط منَّا أشياء كثيرة، منها ما قد نستطيع تعويضه مع مرور الأيام، ومنها ما لا نستطيع، وقد نفقد أشياء كثيرة في هذه الحياة، منها بسبب قرارات خاطئة، أو بسبب قرارات مصيرية، أو بسبب مبادئ نرفض أن نحيد عنها.

الأهمُّ في ذلك كله أنَّ كلَّ ما ذكرتُه نستطيع أن نعوِّضه أو نصحِّحه كي تستمرَّ الحياة، ولكن الشيء الوحيد الذي لن نستطيع أن نعوِّضه هو عندما نفقد أنفسنا، عندها يصبح معنى الحياة هو مرور الوقت فقط، أمَّا معنى أن نفقد أنفسنا فهو الشيء الذي لا يمكن لي أن أشرحه أو أفسِّره، وأترك الشرح والتفسير لكلِّ شخص هنا في هذه الصالة.

عرضي اليوم هو كيف أستعيد شيئًا مادِّيًا فقدَه شخص هنا.. ثمَّ صاح بطريقة استعراضية: هل هناك مِن شخصٍ في هذه الصالة فقدَ شيئًا هامًّا يريد أن يراه؟

دبَّت حركة، وبدا الانفعال على جميع مَن يجلسون على طاولة علاء عندما وقف علاء وبدأ يصرخ قائلًا: أنا.. أنا.

ووقف شخص آخَر على إحدى الطاولات، ولكن بطريقة لطيفة، وبدأ بالإشارة على أنَّه فقدَ شيئًا ما.

أشار إليَّ باريزي قائلًا: اختاري يا أيقونتي الجميلة شخصًا واحدًا.

أشرتُ إلى علاء، فطلب باريزي مِن علاء الجلوس والهدوء، وألَّا يبدي أيَّ انفعال مهما حدَث، فأشار علاء بالموافقة، وكانت عيناه تكادان تخرجان مِن وجهه.

طلب باريزي مِن أحد عمَّال الصالة أن يُحضِر ذلك الموقد المتحرِّك، الذي نستخدمه في بعض الأحيان لإعداد بعض الطعمة أمام الزبائن، وقام باريزي بإشعاله، ووضع يده على رأسي، ثمَّ قال لي: انظري إلى ذلك الشخص، وأخبرينا ماذا فقدَ.

نظرتُ إلى علاء مليًّا، تذكَّرتُ أوَّل يوم رأيتُه فيه مِن خلف الزجاج، وكيف أحببتُه مِن النَّظرة الأولى، تذكَّرتُ تجوالي معه في

سوق الحميدية الدمشقي، تذكّرتُ أخي سليم وأبي وأمّي، تذكّرتُ
سهى.

كنتُ أسمع صوت باريزي وهو يكرِّر قوله: ماذا فقدَ هذا
الشخص؟كنتُ أشعر بأنَّني فقدتُ القدرة على النُّطق، لأستجمع
قوَّتي وأقول بصوت خافت: لقد فقدَ حقيبة جلدية بداخلها
جواز سفر...

فقاطعني باريزي، وصاح بوجه علاء: هل فقدتَ حقيبة
جلدية؟

قفز علاء مِن مكانه صائحًا: نعم.. نعم.

أشار إليه باريزي ليجلس وقال لي: هل تستطيعين أن تخبرينا
أين هي الآن؟ أو هل تستطيعين أن تحضريها إلينا؟

بدأتِ الدموع تسيل مِن عيني، وشعرتُ بأنَّني أختنق، ولَم
أعُد أقوى على الكلام، كنتُ أشعر بأنَّ قلبي يكاد أن يتوقَّف.

يا إلهي.. ماذا أفعل؟ ماذا أفعل؟ لِمَ كلُّ هذا؟ لِمَ كلُّ هذا؟
أريد أن أعود إلى دمشق الآن، وأن أنام على سريري فقط، دع
أهل الحارة يقولون بأنَّني مطلَّقة، فليقولوا أيَّ شيء، دع سليم
يتحكَّم في حياتي، فليفعل أيَّ شيء يريده، يا إلهي.. لَم أكن أعلم
بأنَّ الحياة صعبة إلى هذه الدرجة!

أخرجتُ الحقيبة مِن خلفِ إحدى الآلات الموسيقية الموجودة على المنصَّة، وقلتُ بالعربية والدموع الغزيرة المتساقطة تدخل فمي، وأشعر بمرارتِها وملوحتِها: هل تذكُرني يا علاء أو عمرو؟ هل تذكر أسماء؟ هل تذكر شام 2؟ هل تذكر ما فعلتَه بها في دمشق؟ هل تدرك ما فعلتَه بقلبها؟ هل تذكر ذلك الجرح الذي سبَّبتَه لها؟ هل تدرك طول الثواني وهي تنتظر قدومك؟ هل تعرف كم دعَتِ الله في تلك الثواني؟ هل تدرك شعورها وإحساسها عندما كان أبوها وأمها ينظران إليها؟ هل تعلم ما فعلَت عندما دخلَت غرفتها وأوصدَتِ الباب خلفها؟

كان السيناريو اليوم أن أرمي محفظتك داخل هذه النار التي تتصاعد في هذا الموقدِ كي ترى آمالك ومستقبلك يحترق أمامك كي أنتقم منك، ولكنِّي أدركتُ الآن وبعد كلام السيد باريزي، والذي أدركتُ بأنَّه كان موجَّهًا لي وحدي بأنَّ أفضل انتقام منك هو أن أتركك لنفسك القذرة الخبيثة كي تنتقم منك، خذ حقيبتك وذلك المجسَّم للجامع الأموي الذي أعجبك في أول يوم رأيتُكَ فيه، والذي لَم أزل أحتفظ به؛ لأنَّ يدَيك لمسَته، واخرج مِن هذه الصالة؛ فقد أدركتُ الآن فقط أنَّ أفضل شيء حدث في حياتي بأنَّكَ لَم تأتِ في تلك الليلة.

كان وجهي يبدو وكأنَّه غُسِلَ بماء، وكان جميع مَن في الصالة صامتًا، ومع أنَّه لا أحد كان يفهم شيئًا مِمَّا أقول عدا الأشخاص الذي يجلسون مع ذلك الشخص، إلا إنَّني أحسستُ بأنَّ الجميع قد فهم كلَّ كلمة قد قلتُها.

نظرتُ إلى فيتال وقلتُ بالإيطالية وأنا أضحك والدموع تملأ وجهي: عندما تختفي طيور النورس مِن السماء، وتحجب الغيوم نور الشمس، وتبدأ أغصان الأشجار بالارتعاش، احمل مظلَّة معك.

هزَّ فيتال رأسه وقال: أمِّي كانت تقول ذلك.

خرجتُ مِن المطعم متوجِّهةً إلى منزلي بعد انتهاء عملي، فإذا بعلاء يقف خارجًا وكأنَّه يريد أن يتكلَّم معي، يا إلهي.. كم كنتُ أريد أن أسمع صوته، كم كنتُ أريده أن يعتذر، لأجد نفسي أقول له وأنا أبكي: أسألك بالله أن تتركني وشأني، وألَّا تنطق بأي كلمة تفسد عليَّ فرحة انتقامي لنفسي.. وصرختُ عاليًا: اتركني وشأني.

كنتُ أمشي والدموع تتساقط مِن عيني، وعندما اقتربتُ مِن المنزل كان المحترَم يقف أمام البوابة الرئيسة للمبنى، لَم أكن أدري ما كان يفعل في مثل هذا الوقت المتأخِّر، إلا إنَّني مسحتُ دموعي، ودخلتُ المبنى دون أن أنظر إليه.

دخلتُ شقتي، ورمَيتُ نفسي على السرير، لَم أكن أريد أن أبكي، لن أبكي بعد اليوم أبدًا، لن أكون الضحية بعد اليوم، لن أجعل تصرُّفاتي بعد اليوم ردود أفعال.

حاولتُ جاهدة أن أنام، إلا إنَّني لَم أستطِع، تقلَّبتُ مئات المرَّات على سريري، إلا إنَّني لَم أستطِع ذلك.

نهضتُ مِن سريري، وقرَّرتُ النزول كي أمشي قليلًا في الشارع، إلا إنَّني عدلتُ عن الفكرة؛ فقد خفتُ أنَّ المحترَم لا زال خارجًا، ماذا سيقول؟ وماذا سيَظنُّ إذا رآني أخرج في هذا الوقت المتأخِّر؟

قرَّرتُ أن أشمَّ الهواء على سطح المبنى، فأخذتُ المفاتيح الثلاثة المعلَّقة خلف الباب، وصعدتُ الدرج، ولأول مرَّة صعودًا باتِّجاه السطح.

كان منظر روما مِن سطح المبنى جميلًا، وهواء البحر منعشًا بشكل كبير.

كان السطح خاليًا ونظيفًا إلا مِن غرفة صغيرة، تذكَّرتُ كلام نادر عن غرفة صغيرة على السطح يستخدمها كمخزن، اقتربتُ منها ببطء، ووضعتُ المفتاح الثالث في قفلها لأجد الباب قد فُتح.

فتحتُ الباب ببطء شديد خوفًا مِن أي فئران قد تكون موجودة، وبحثت عن كبسة الإنارة لأجدها خلف الباب.

كانت الغرفة خالية تقريبًا إلا مِن بعض الأثاث القديم وحقيبة سوداء كبيرة.

تذكّرتُ تلك الحقيبة على الفور، إنَّها إحدى الحقيبتَين اللَّتَين كان نادر وصديقه يرتّبانها ليلة القبض عليه، لا بدَّ أنَّ نادر قد قام بإخفائها عن شركائه.. نعم.. هذا ما كانوا يبحثون عنه عندما حضروا إلى شقتي.

يا إلهي.. كم أحبُّك يا تينو، نعم يومها تينو هو الذي قام بإنقاذي عندما بدأ يطرق على الباب بتلك الطريقة.

نزلتُ مِن السطح، ودخلتُ شقتي لأغطَّ في نوم عميق، إلا إنّني بدأتُ أسمع صوت طرقٍ على الباب وكأنّني أحلم، فتحتُ الباب لأجد تينو واقفًا، ولمَّا رآني أمسك يدي وسحبَني إلى داخل شقة العجوز، دخلتُ غرفتها وإذا بها نائمة وهي مستلقية على ظهرها، وعيناها مفتوحتان وهما شاخصتان إلى الأعلى.. أدركتُ على الفور بأنَّها ميِّتة.

سألَتني ابنة العجوز بلانكا عن إمكانية أن أعتني بتينو فترة وجيزة حتَّى تقوم بالترتيبات اللازمة، لَم أفهم حينها معنى الترتيبات اللازمة، ولكنَّني رحَّبتُ بالفكرة.

بقي عندي تينو شهرًا كاملًا كان أجمل شهر في حياتي، كان رفيقًا وصديقًا، وحتَّى ابنًا لي، كنَّا نخرج للتنزُّه معًا، ونأكل الآيس

كريم، كنَّا نعدُّ الطعام معًا، ونغنّي طوال الوقت، كان صوته الأجشُّ يضحكني كثيرًا.

اتصلَت بلانكا، وطلبَت منّي أن أقوم بإعداد حقيبة تينو لأنَّها ستمرُّ غدًا لاصطحابه إلى أحد مراكز التأهيل التي تهتمُّ بعلاج المرضى المصابين بمتلازمة داون.

نزل الخبر عليَّ كالصاعقة، يا إلهي.. هل حقًّا سوف يغادرني تينو؟

رجوتُ بلانكا أن تُبقيَه معي، إلا إنَّها اعتذرَت وقالت: لقد قمتُ بجميع الإجراءات القانونية، ولا يمكنني التَّراجع.

وأخبرتني بأنَّ وضعي القانوني لا يسمح ببقائه عندي، فحتَّى إقامتي قد شارفَت على الانتهاء، والعمل الذي أزاوله ليس عملًا دائمًا، أي إنَّه ليس لديَّ مصدر دخلٍ ثابت.

جاءت بلانكا في اليوم التالي ومعها شخصان، وكنتُ قد أعدَدتُ حقيبته وهو ينظر إليَّ متسائلًا عمَّا أفعل، وخاصَّةً بأنَّ الدموع كانت تنسكب مِن عينيَّ، وعندما ألبستُه الملابس كان يظنُّ بأنَّنا سوف نقوم بالتنزُّه، ولكنه عندما شاهد بلانكا برفقة هذين الرجلين قام بالتشبُّث بي والبكاء بصوت عالٍ أدمى قلبي وكأنَّه قد فهم ما سيحدث.

تمَّ الأمر سريعًا، وأغلقتُ باب الشقة وراءَهم وصوت صياحه وبكائه يقطع قلبي.

بقيتُ أسمعه وهو يصرخ: أسماء.. أسماء.. بطريقته الخاصَّة حتَّى تحرَّكَتِ السيارة التي كانت تقلِّهم.

لَم أستطِع الوقوف على قدميَّ، وأخذتُ أبكي وأصرخ، هل حقًّا لن يكون باستطاعتي أن أراه طوال الوقت؟

شعرتُ بأنَّني أختنق وأنِّي غير قادرة على التنفُّس، صعدتُ إلى سطح المبنى، وكنتُ أعلم بأنَّني لن أسمع صوت تينو وهو يتشاجر مع تلك العجوز ثانية.

بعد ذلك لَم أعُد أعلم ما يحدث لي، بدأتُ أتخيَّل أمورًا كثيرة، بدأتُ أرى العجوز كثيرًا، بدأتُ أكلِّم تينو وأتخيَّله بقربي طوال الوقت، بدأتُ أرى سهى وأتكلَّم معها، لا أعرف.. لا أعرف، أشعر بأنَّني قد بدأتُ أجنَّ.

نظرتُ إلى أسماء وهي تضع يديها على رأسها، وهي تنظر إلى الأرض، وقلتُ لها: لماذا تقولين تلك الحكاية كلّها؟ إنَّكِ مررتِ بظروف صعبة للغاية وأنتِ وحيدة هنا، ارجعي يا أسماء إلى دمشق، مكاننا ليس هنا.

أجابتني: سأرجع.. نعم سوف أرجع، ولكن ليس الآن، بقي في إقامتي عام آخَر، سأعمل فيه وأجمع ما أستطيع مِن مال، ثمَّ سأرجع.. يجب أن أرجع.

ثم بدأت تضغط ثانيةً على رأسها وتقول: يا إلهي، هذا الصداع يكاد يقتلني.

ثمَّ التفتَت إليَّ وقالت: هل تعتقد أنَّ هناك ورمًا سرطانيًا في رأسي؟

ضحكتُ وقلتُ لها: هل أنتِ مجنونة؟ ما هذه الأفكار التي تراودكِ؟!ثمَّ نظرَت إلي وهي تكاد تبكي وقالت: إذًا لماذا أشعر بأنَّني سوف أجنُّ؟! لماذا أتخيَّل أمورًا كثيرة؟!

فقلتُ لها: صدِّقيني هو عبارة عن ضغط عصبي ووحدة تشعرين بها، كلُّ ما عليكِ هو أن ترتِّبي أفكاركِ فقط، أتدرين أنَّ ما يجب أن تفعلي اليوم عندما تستيقظين هو أن تشتري مفكِّرة صغيرة وتبدئي تكتبين ما تشعرين به أو ما تفكِّرين به، وفيما بعد تعيدين قراءة ما كتبتِ، وبعدها تبدئين بترتيب أفكاركِ.

وقفَت أسماء وقالت وهي تبدو لي بأنَّها شاردة لتقول: سأفعل.. سأفعل.. اذهب إلى فندقك، فقد أخَّرتُكَ بما فيه الكفاية.

فقلتُ لها: ليس قبل أن أوصِّلكِ إلى منزلكِ.

وصلنا منزلها، وقلتُ لها: أسماء.. هذا كارت العمل الخاص بي، فيه رقم جوَّالي ومكتبي في أبوظبي، أي شيء تحتاجينه لا تترددي بالاتِّصال بي، وفي جميع الأحوال أنا سأعود إلى إيطاليا في شهر أغسطس، وسآتي خصِّيصًا إلى روما لزيارتكِ والاطمئنان عليكِ.

كانت تنظر إلى الأرض عندما مدَّت يدها للسلام عليَّ، تركتُها ومشَيتُ، وبعد مسافة ليست بصغيرة نظرتُ خلفي فإذا بها لا زالت تقف كما تركتُها وهي تنظر إلى الأرض!

يا إلهي.. كم شعرتُ بالأسى عليها في تلك اللحظة، كم أدركتُ بأنَّها تشعر بالضياع والوحدة، كنتُ أودُّ أن أعود إليها لأقول أيَّ شيء، ولكنِّي تابعتُ طريقي إلى الفندق لأسافر في اليوم التالي إلى أبوظبي.

اعتدلتُ في جلستي وراء المكتب وقلتُ: رحمكِ الله يا أسماء، وبدأتُ أتساءل في داخلي: تراها كيف قُتِلَت؟ ومَن الذي قتلها بتلك الطريقة الوحشية كما وصفها ذلك المحامي؟ وماذا أوصَت لي؟ وماذا يوجد في تلك الرسالة والمفكِّرة التي تركَتها لي.

آلاف الأسئلة التي كانت تتزاحم في بالي، ولا أجد لأيٍّ منها جوابًا.

كان السـؤال الذي يحيّرني أيضًا: لماذا أنا؟! لماذا تختصُّني أنا بهذه الوصية مِن دون الناس جميعًا وكلُّ المدَّة التي جمعَتنا لا تتعدَّى ثلاث ساعات؟!

حاولتُ أيضًا أن ألعب دور المفتِّش البوليسي وأنا أفكِّر وأحلِّل مَن الذي قتلها، وأستعرض كلَّ الأسماء التي وردَت في قصَّتها التي أخبرَتني بها، هل كان صديق نادر هو الذي قام بقتلها؟ أم كانت تلك العصابة التي تبحث عن بقية كمية المخدِّرات المتبقية؟ هل باريزي الذي قام بقتلها بعد أن أهانته تلك الإهانة الكبيرة أمام الإيطاليّين جميعًا؟ وما تظاهُره بمحبَّته لها إلا ليصرف الأنظار عنه؛ حتَّى يتسَنَّى له القيام بما قام به.

أم لعلَّه ذلك المحترم الذي يسكن في شقة الدور الأرضي؟ أم أم أم أم.. جميع مَن ذكرتَهم في قصَّتها شكَكتُ به، بل حتَّى تينو أيضًا شككتُ به بعد أن ظنَّ بأنَّها قامت بالتخلِّي عنه عندما سمحَت لبلانكا أن تأخذه وتضعه في ذلك المركز.

أسئلة في رأسي لا تكاد تنتهي، سامحكِ الله يا أسماء، لَم تعُد قصَّتكِ تبارح خيالي.

كنتُ أعرف بأنَّ كلَّ تحاليلي وتخيُّلاتي لن تؤدِّي إلى أي شيء، بل وما أدراني لعلَّ ما تركَته في رسالتها ودفتر المذكِّرات ذلك يحمل تفسيرًا لكلِّ شيء، ولكن ما قصة المال أيضًا؟ ما قصة كلِّ شيء؟

ثم يخطر في بالي شيء شيطاني آخَر، ما أدراني بأنَّ كلَّ ما أمرُّ به هو عبارة عن عملية نصب كبيرة، فربما ما أمرُّ به وما يجري حولي فيلم هندي بوليسي فاشل.

أنهَيتُ عملي في ميلانو خلال ثلاثة أيام فقط بعد أن ضغطتُ جدول أعمالي هناك، فقد كان كلُّ همِّي هو التوَجُّه إلى روما للاطِّلاع على وصيَّة أسماء.

قمتُ بالتوجُّه لمكتب روما للمحاماة لمقابلة السيد فادي وتسلُّم الوصية منه بعد أن وضعتُ حقيبتي في الفندق الذي نزلتُ فيه في زيارتي السابقة لروما.

كان السيد فادي شابًّا لبنانيًّا كما توقَّعتُه في مقتبل العمر، ما إن جلستُ على مكتبه حتَّى توجَّه خارج مكتبه ليعود بعد قليل وبيده مظروف كبير أبيض كان مختومًا بالشمع الأحمر، وضعَه أمامه ثمَّ قال لي: لن أؤخِّرك، عليك فقط أن توقِّع على بعض الأوراق التي تفيد بأنَّك قد تسلَّمتَ الوصيَّة، وأنَّك اطَّلَعتَ على ما يوجد في هذا الظرف.

كنتُ أرى مِن مكاني وقد أُلصِقَت ورقة صغيرة على الظرف وقد كُتِب عليها باللغة الإنجليزية: يحتوي هذا الظرف على ظرفَين صغيرَين ودفتر ملاحظات، الظرف الأول يحتوي على مبلغ مالي

وقدره ألف يورو، والظرف الثاني يحتوي على رسالة مكتوبة بخط اليد، ودفتر ملاحظات متوسِّط الحجم.

ناولني السيد فادي ورقتَين، وطلب منّي قراءتهما قبل التوقيع عليهما، كانت الورقة الأولى عبارة عن إقرار بأنَّني قد اطَّلَعتُ على محتوى الوصية التي كانت تطابق ما كُتِب على الورقة الثانية، التي كانت تحمل توقيع أسماء وختم مكتب روما للمحاماة.

تمَّت إجراءات تسلُّمي للوصية، وقبل أن أستأذن بالمغادرة استأذنني السيد فادي بالسؤال قائلًا: هل هناك أي صلة بينك وبين المرحومة أسماء؟

فأجبتُه بالنفي، لأسأله بِدَوري: هل تمَّ القبض على قاتلها؟فأجابني بالنَّفي على حدِّ علمه، وأضاف بأنَّ البوليس قد تمكَّن مِن العثور على أداة الجريمة في إحدى حاويات القمامة، وعليها آثار دماء أسماء وبصمة للقاتل.

طوال الطريق إلى غرفتي في الفندق ويداي ترتجفان وهي تحمل ذلك الظَّرف، ولَم أشأ أن أفتحه لحظة وصولي للغرفة، بل أخذتُ حمَّامًا ساخنًا، وأعددتُ فنجانًا مِن القهوة، وجلستُ على السرير.

فتحتُ الظرف الذي يحتوي على الرسالة، وبدأتُ القراءة.

صديقي العزيز، كان أول شيء فعلتُه عندما استيقظتُ في ذلك اليوم الذي تركتَني فيه هو شرائي لدفتر المذكِّرات عملًا بنصيحتك، أنا لَم أعد أشعر بأنَّني سوف أجنُّ، أنا جُننتُ فعلًا، بدأتُ أتخيَّل أمورًا كثيرة حدثَت وتحدث معي، بدأتِ الأشياء تتحدَّث معي، هل تصدِّق ذلك؟! هل تصدِّق أنَّه حتَّى أثاث البيت بدأ يحدِّثني؟!

بدأتُ أخاف مِن كلِّ شيء، فكلُّ شيء يقول لي بأنَّني سوف أموت، وعيناه بدأت تنظران إليَّ بطريقة غريبة، أنا أعلم بأنَّه سوف يقتلني، عيناه تقولان ذلك، أقسم لك إنَّه سوف يقتلني، وسوف تسمع بذلك قريبًا.

لا أحد يخطر في بالي سواك، أراك دائمًا.. نعم أراك دائمًا، أنت الوحيد الذي لا أخاف منه.

كلُّ ما أريده منك أن تذهب إلى ذلك المطعم، وأن تجلس على الطاولة التي جلستَ عليها في ذلك اليوم، ولثلاث ليالٍ، ثلاث ليالٍ فقط، ولن أكلِّفك شيئًا، فقد تركتُ لك الحساب.

يا إلهي.. لماذا الفتاة تترك وطنها؟! يا إلهي.. لَم أكن أظنُّ أنَّ الحياة صعبة إلى هذه الدرجة!

سأذهب غدًا إلى مكتب المحاماة لأضع هذه الرسالة هناك مع مبلغ مِن المال لك، ومبلغ آخَر لتينو، سيرسلونه إلى المركز الذي

يعيش فيه كي يشتروا له الآيس كريم الذي يحبُّه في نهاية كلِّ أسبوع، وبعض الملابس الجديدة.

الساعة الآن الثالثة صباحًا، تراهم ماذا يفعلون في دمشق الآن؟ لا شكَّ بأنَّ الجميع نِيام الآن.

آه.. لقد نسِيتُ، فأنت تقيم في الإمارات وليس في دمشق.

أشعر بالخوف، لا أحد سِوَاي في المبنى، أشعر بالبرد الشديد.

كانت هذه كلّ الرسالة، أعدتُ قراءتها عدَّة مرّات، لكنَّني لَم أفهم منها شيئًا، ولكن مَن الذي كانت عيناه تقولان لها بأنَّه سوف يقتلها؟ ماذا كانت تقصد بذلك؟ ولماذا تريدني أن أذهب وأسهر هناك ولثلاث ليالٍ؟ ما الذي تريده أسماء مِنّي؟

هل فعلًا قد جُنَّت أسماء؟ كان يبدو ذلك لي واضحًا، فحتَّى تركيب الجمل في تلك الرسالة لَم يكن واضحًا أو منطقيًّا، ماذا كانت تريد أن تقول لي؟ وما معنى الجميع في دمشق نيام؟

تركتُ الرسالة، وفتحتُ دفتر مذكِّراتها علَّني أجد شيئًا آخَر.

كان وجه سهى مصفرًّا، وعيناها غائرتين، وكانت تنظر خلفها وخلفي وكأنَّها تريد تتأكَّد أن لا أحد يسمعها لتقول بصوت أقرب للهمس: هل رأيتِ نادر؟ هل جاء عند سليم اليوم؟

أجبتُها بالنَّفي، فإذا بها تكاد تنهار، لتقول وهي تمدُّ يدها إلى داخل صدرها: خذي هذه الورقة وأعطِيه إيَّاها، أعطِيه إيَّاها يا

أسماء، لو اضطُررتِ أن تذهبي إلى بيته، أبوس إيدك يا أسماء لا تنسي، وأقسِمي بالله ألا تقرئي هذه الورقة أو تَدعي أحد يقرؤها.

هيّا عدِيني بأنَّكِ ستسلِّمينه الورقة، عديني يا أسماء.

فقلتُ لها والخوف يكاد يشلُّني: أعدكِ أن أسلِّمه إيّاها في يده.

لَم يكن صوت أم سهى الذي أيقظني في تلك الليلة التي أعطتني فيها الورقة، بل سمعتُ دويًّا كبيرًا تحت نافذة غرفتي، صوتًا لا تستطيع تشبيهه بأي شيء أبدًا مهما وصفتُه، ليعلو صوت أم سهى بعدها بقليل وهي تصيح بصوت لا يمكن تشبيهه بأي شيء هو الآخر، وهي ترى ابنتها الوحيدة وقد رمَت بنفسها مِن فوق سطح البيت لتسقط جثَّة هامدة.

نظرتُ مِن النافذة، كانت أمها تحتضنها وبِركة مِن الدَّم قد بدأت تتجمَّع تحت رأسها.

مشَيتُ ببطء إلى خزانتي، وأخذتُ تلك الرسالة مِن جيب أحد فساتيني، وفتحتُها ببطء، وأخذتُ أقرؤها.

حبيبي نادر، هذا اليوم الثالث الذي تتأخَّر فيه دورتي الشهرية، وأشعر بأشياء جديدة في جسدي، والله أبي يذبحني، والله يذبحني بدون أي ترددُّ، اليوم.. اليوم يجب أن تُحضِر أباك وتأتوا لتطلبوني مِن أبي، زوجة خالك تقول بأنَّك سوف تسافر إلى إيطاليا، وأنَّ أوراقك قد وصلَت.

والله العظيم والله العظيم أموّت نفسي، أشرب سمًّا أو أرمي نفسي مِن سطح البيت، وأدعو عليك أن ينتقم الله منك فيما فعلتَه بي إذا لَم تأتِ اليوم لطلبي مِن أهلي.

تذكَّرتُ قصة سهى التي أخبرَتني بها، ولكنَّها لَم تخبرني بتلك التفاصيل المؤلمة.

قلبتُ الصفحة الثانية لأجد فيها: كرهتُه منذ اللحظة الأولى التي رأيتُه فيها في مطار روما ببنطاله الجينز، وذلك "التيشرت" الذي كان يرتديه، وحذائه الرياضي الرخيص، تذكَّرتُ قول أمِّه وهي تحضُّني على ارتداء ثوب الزفاف قائلةً: لا تفضحي ابني أمام زملائه الذين سيكونون معه في انتظارك في مطار روما، لأجد هذا التَّافه معه وهو ينظر إليَّ بتلك النظرة السخيفة.

كنتُ أرى وجه سهى كلَّما نظرتُ في وجهه، وأسمع صوت ارتطامها بالأرض كلَّما تكلَّم معي، كرهتُه وكرهتُ صوته، بل وحتَّى رائحته كنتُ أكرهها، وعلب الدواء الكثيرة التي كان يحضرها هو وصديقه ليخرجاها مِن عُلبها، ويعيدا ترتيبها في الحقائب، ولمَّا سألتُه في إحدى المرَّات عن هذا الدواء أجابني صديقه بسخرية واضحة: إنَّها حبوب السعادة.

في تلك الليلة لَم يبقَ مكان في الصالة إلا ومُلِئ بعُلب الدواء تلك، طلب مِنّي نادر ألّا أغادر غرفتي، جلستُ وحيدة، شعرتُ بالملل، كنتُ أريد أن أصرخ، ماذا أفعل هنا؟!

توجَّهتُ إلى خزانتي، وأخرجتُ رسالة سهى وقرأتُها، لَم أعطِه إيّاها حتَّى ذلك الوقت، كنتُ أنتظر الوقت المناسب حتَّى أعطيها له، وكنتُ أعرف بأنَّه سوف يأتي ذلك الوقت.

كنتُ أقول في داخلي: يا لتلك المسكينة، كيف انتحرَت وهذا التافه هنا لَم تتحرَّك في رأسه شعرة؟! بل إنَّه لَم يسألني عن أحد في تلك الحارة.

أمضيتُ تلك الليلة وأنا أمشي في تلك الغرفة الصغيرة، حاولتُ أن أسلِّي نفسي بكُتُب تعلُّم الإيطالية بالإضافة لِمَا كنتُ قد تعلَّمتُه مِن زوجة خال نادر، وقد أمضيتُ نحو ستَّة أشهر وأنا أتردَّد عليها، بينما كنتُ أنتظر أن تصلني أوراق الفيزا مِن إيطاليا.

استيقظتُ صباحًا، وكان نادر مستغرقًا بالنوم بجانبي، تسلَّلتُ مِن الغرفة، وأغلقتُ الباب خلفي، وطلبتُ الرقم 113، وأخبرتُهم بأنَّ اليوم سيقوم شخصان بتهريب شُحنة مخدِّرات كبيرة، وأعطيتُهم رقم سيارة نادر.

كنتُ أعد الإفطار لنادر بعد استيقاظه، أخرج الحقيبة الأولى، ثمَّ عاد بعد قليل ليأخذ الحقيبة الثانية، ليعود بعدها ويتناول طعام الإفطار معي، ويعطيني مبلغًا مِن المال، ويغادر بعدها، ولَم يرجع إلى البيت بعد ذلك اليوم.

لَم يكن حسابي قد استوفى بعد مع نادر، فلا زالت الرسالة معي، فكَّرتُ أن أضعها في محفظته، ولكنّي وعدتُ سهى أن أسلِّمها له في يده.

صدمَتني الصفحة الثانية كثيرًا، هل هي فعلًا مَن أبلغ البوليس عن نادر؟ هل هي مَن أودعه خمسًا وعشرين سنة في السجن انتقامًا لسهى؟

بدأتُ أقرأ في الصفحة الثالثة وأنا أشعر بتوتُّر كبير عمَّا قد تخفيه مِن أحداث.

خرجتُ في تلك الليلة مِن المطعم لأجد علاء وهو ينتظرني، كنتُ أعلم بأنَّه لا يريد أن يعتذر، ولكنَّه يريد أن ينتقم لكرامته، كيف وهو الوحيد الذي يقرِّر مصير علاقاته العاطفية ولا يحقُّ لأحد مِن ضحاياه أن يقرِّر متى تبدأ العلاقة وكيف تنتهي؟!

صرختُ بوجهه قائلة: أرجوك ابتعِد، أرجوك لا تقُل شيئًا، دعني مرَّة واحدة أفرح بانتقامي لنفسي.. وصرختُ بصوت عالٍ: ابتعِد.. رأيتُه وهو يبتعد كالفأر المذعور.

توجَّهتُ إلى البيت وكانت الدموع تتساقط مِن عينيَّ لأرى المحترم وهو يقف على باب المبنى، مسحتُ دموعي خوفًا مِن أن يراني، ومشَيت ببطء إلى جواره.

نظرتُ إليه بطرف عيني، كان ينظر إليَّ بطريقة غريبةٍ، كان ينظر إليَّ كالذئب الذي يطالع فريسته، شعرتُ بأنَّه كالذئب الذي منعه الجوع أن يخمد إلى النوم، فخرج يبحث عن فريسة في هذا الوقت المتأخِّر مِن الليل.

لَم أستطِع النوم في تلك الليلة، وكنتُ أراجع كلَّ ما حدث معي حينها، وأدركتُ بأنَّني لن أستطيع النوم مهما حاولتُ.

خفتُ الخروج للمشي في الشارع مِن أن يراني ذلك الرجل، فقرَّرتُ الخروج للسطح.

لا أدري لِمَ أخذتُ المفاتيح المعلَّقة كلها، وليس مفتاح الشقة وحدها، كنتُ أسمع صوت تينو وهو يئنُّ مِن ألم فخذه وأنا في طريقي إلى السطح.

صعدتُ إلى السطح، كان الهواء مشبعًا برائحة البحر، نظرتُ إلى الغرفة الصغيرة في طرف السطح، وتوجَّهتُ إليها ويداي تعبث بالمفاتيح الموجودة في جيبي.

أخرجتُ إحداها، ووضعتُه في قفل الباب لأجد الباب قد فُتِحَ، مشيتُ داخلًا ببطء خوفًا مِن أي فئران قد تكون موجودة في الداخل، وأخذتُ أبحث عن كبسة الإنارة لأجدها بجانب الباب.

كانت الغرفة مملوءة ببعض الأثاث القديم، وكانت تلك الحقيبة السوداء الكبيرة تتوسَّط الغرفة، نعم هي إحدى الحقيبتين التي كان نادر يقوم بوضع الدواء فيها قبل اعتقاله.

مشيتُ نحو الحقيبة ببطء، وقمتُ بقلبها على أحد جانبَيها، ولَم أكَد أفتح جزءًا منها حتَّى بدأتِ الحبوب تخرج منها، فقد كانت محشوَّة حشوًا فيها.

خفتُ وعدتُ إلى الوراء، وجلستُ على الأرض وأنا أنظر إلى تلك الحبوب، حاولتُ أن أعيد إغلاق الحقيبة، واستطعتُ ذلك بصعوبة، ولَم يبقَ على الأرض سِوَى علبة صغيرة قد رُصَّت فيها عشر حبَّات.

تذكَّرتُ قول صديق نادر لي عندما سمَّاها بحبوب السعادة، لأجد نفسي وأنا أُخرِج حبَّة واحدة وأضعها في فمي.

لا أعرف ما الذي حدث معي، وماذا شعرتُ حينَها، مررتُ بكلِّ شيء عدا الشعور بالسعادة.

أتَتني كلُّ الذكريات التي مررتُ بها في حياتي كفلاشات تضيء في دماغي، تذكَّرتُ عندما كسرتُ أركيلة أبي وعمري كان أربع

سنوات، تذكَّرتُ عندما جُرِحَت قدمي في المدرسة، تذكَّرتُ عندما فَتحتُ الباب على أخي سليم وهو يستحمُّ وكيف بدأ بالصراخ، تذكَّرتُ سهى وكيف كانت أجمل فتاة في المدرسة!

يا إلهي.. أين كان كلُّ ذلك؟! وكيف ظهر وعاد إلى مخيِّلتي؟! كنتُ أظنُّ أمورًا كثيرة بأنَّني قد نسِيتُها لأكتشف أنَّها لا زالت في بالي، كنتُ أتنفَّس بصعوبة، وحدقة عينَيَّ أشعر باتِّساعِهما.

حلمتُ بأنَّني قد نزلتُ مِن سطح المبنى، ولكنِّي لَم أدخل إلى شقَّتي، بل أخذتُ المفتاح الثاني الذي أبقَته معي بلانكا في حال حدوث شيء لوالدتها، وفتحتُ باب شقَّتها.

كان أثاث الصالة قديمًا جدًّا، مشيتُ في ذلك الممرِّ الضيِّق الذي كانت تتوسَّطه صورةٍ كبيرة، نظرتُ إلى الغرفة التي كانت على يمين ذلك الممرِّ، لأرى تينو على ضوء ذلك المصباح الخفيف الموجود على طرف سريره نائمًا وهو يفتح فمه واللعاب يسيل منه، شعرتُ بأنَّه فتح عينيه لوهلة، ولكنِّي تركتُه وذهبتُ إلى الغرفة الأخرى لأجد تلك الشمطاء وهي نائمة على ظهرها، كانت تضع طقم أسنانها في كأس مِن الماء بجوارها، وكان فمها مفتوحًا وبدا خاليًا مِن أي شيء سِوَى ذلك اللسان السليط، وكان عكازها بجانبها على السرير، كان على جانبها وسادة صغيرة، حلمتُ بأنَّني

أخذتُها ووضعتُها على وجه تلك الشمطاء التي أخذَت تنتفض حتَّى توقَّف واستكان كلُّ شيء فيها.

أيقظني طرق خفيف ومستمرٌّ على الباب، فتحتُه لأجد تينو يقف على الباب، وما إن رآني حتَّى مدَّ يده وكأنَّه يريد مِنِّي أن أتبعه، مشَيتُ خلفه ودخلتُ شقَّتهم.

كانت الصالة تبدو بأثاثها القديم كما رأيتُها في حلمي البارحة، مشى بي حتَّى وصلنا إلى ذلك الممرِّ الضيِّق، نظرتُ بخوف شديد إلى يساري لأرى تلك الصورة الكبيرة المعلَّقة على الجدار، التَفَتُّ إلى يساري لأرى غرفة تينو كما رأيتُها في حلمي البارحة، وصل بي إلى غرفة تلك العجوز وكان كل شيء كما رأيتُه البارحة مِن طقم الأسنان إلى جوارها، إلى صورتها الكبيرة المعلَّقة على الجدار بين ابنتَيها بلانكا وراسيل أم تينو.

كانت العجوز مستلقية على ظهرها، وكانت هناك وسادة صغيرة على وجهها، نظرتُ إلى وجه تينو الذي كان خاليًا مِن أي تعبير، وقمتُ برفع الوسادة عن وجهها ووضْعها بترتيب جانبها، وقمتُ بإغماض عينيها الشاخصتَين إلى سقف الغرفة، وأخذتُ تينو وتوجَّهنا إلى الصالة، وقمتُ بالاتِّصال بابنتها بلانكا.

أصبح صعودي اليومي إلى السطح عادتي اليومية بعد عودتي مِن العمل وحتَّى قَبل دخولي الشقَّة، كنتُ أحبُّ أن

أصعد وأن أنظر إلى روما مِن الأعلى، أنفّس فيه هواء البحر قليلًا، ثمَّ أنزل إلى شقَّتي، وأبدأ بمضايقة تينو وهو نائم علَّه يستيقظ لأتحدَّث معه قليلًا قبل أن أنام.

اعتدلتُ على سريري وأنا أقرأ ما كتبَته أسماء، وقلتُ: يا إلهي، ما الذي أقرؤه في هذه المذكِّرات؟ هل قَتَلَت أسماء تلك المرأة العجوز فعلًا وهي نائمة؟ أم أنَّها كانت تتخيَّل ذلك؟لَم أعُد أعرف ماذا يجري، وشعرتُ بأنَّني قد تورَّطتُ في أمر خطير، بدأتُ أعيد ما كتبَته عن تلك العجوز وكيف دخلَت شقتها، إلا إنَّني لَم أصِل إلى أي نتيجة سِوَى أنَّ أسماء هي مَن قتلَت تلك المرأة.

بدأت يداي ترتجفان وأنا أقرأ بقيَّة ما كتبَته أسماء في تلك المذكِّرات.

اتَّصَلَت بي بلانكا لتخبرني بأنَّها قد استطاعت أن تتدبَّر أمر زيارتي لنادر في سجن روما المركزي الذي انتقل إليه ريثما تنتهي محاكمته، وبأنَّه مِن الممكن أن أراه وجهًا لوجه، وأن أجلس معه ولمُدَّة نصف ساعة في غرفة أحد الضباط المسؤولين عن السجن، وأنَّ كلَّ ما عليَّ هو أن أكون مستعدَّة غدًا في الساعة العاشرة صباحًا؛ لأنَّها سوف تمرُّ لاصطحابي.

جلست مع بلانكا في غرفة ذلك الضابط الذي أمر أحد الحراس بإحضار نادر، وهمسَت بلانكا بأذني قائلة: عندما يأتي

زوجكِ سوف نقوم أنا والضابط بالخروج لكَي تستطيعا التحدُّث براحتكما.

دخل نادر غرفة الضابط، كان وجهه شاحبًا مصفرًّا، وكانت عيناه غائرتين، والقيود لا زالت في يده.

كنتُ أنظر في وجهه بينما لمحتُ بلانكا والضابط يخرجان مِن الغرفة.

جلس نادر أمامي، وكنَّا ننظر في عيون بعضنا البعض، كنتُ أعلم بأنه قد توقَّع بأن أقف لكَي أسلِّم عليه أو أحضنه، إلا إنِّي بقِيتُ جالسة في مكاني.

كنتُ أراه يحرِّك شفتيه وهو يشرح بأنَّه قد تورَّط في ذلك الأمر، وأنَّه قد ظلمني معه.

بقِيتُ أنظر في عينيه، كنتُ أراه ولا أسمعه، ولكنَّني تمكَّنتُ مِن سماع كلمة أنتِ طالق يردِّدها أكثر مِن مرَّة، ثمَّ سمعتُه يقول: أنا أعرف بأنَّكِ نادمة على الزواج منِّي، ولكن ألا تريدين أن تقولي شيئًا؟

نظرتُ في عينيه وقلتُ له: أتعرف يا نادر أنَّه لو رجع الزمان بي إلى الوراء لكنتُ قد تزوَّجتُكَ أيضًا، فقط لأعطيك هذه.. وناولتُه تلك الرسالة، وقلتُ له: هذه الرسالة مِن سهى، هل تذكرها؟

وقفتُ ومشَيتُ خارج الغرفة، ولَم أره بعد ذلك اليوم.

خرجتُ مِن عنده وأنا أشعر بأنَّ سهى تمشي بجانبي وهي تبتسم وتقول: أنتِ أجمل منِّي بألف مرَّة.

أصابتني بالجنون تلك الفتاة مِمَّا أقرؤه، وأنا الذي كنتُ أظنُّها تلك الفتاة الضعيفة التي لاحول لها ولا قوة، فإذا بها تفاجِئني مع كلِّ كلمة أقرؤها!

كنتُ قد بدأتُ أشعر بالنعاس، ولكن كنتُ أعلم بأنَّني لن أستطيع النوم وهناك كلمة واحدة لَم أقرأها في تلك المذكِّرات.

تكرَّر وقوف ذلك المحترم على باب المبنى كلَّ يوم وعند وقت عودتي مِن العمل في ذلك الوقت المتأخِّر مِن الليل، وكأنَّه كان ينتظرني كلَّ يوم ليراني.

كان يرمقني بتلك النظرة الشهوانية التي تفهمها المرأة وحدها، بدأتُ أبادله النظرات ذاتها، ولا أزيح عيني عن عينه، الأمر الذي شعرتُ بأنَّه ترك انطباعًا ما عنده، بدأتُ أشعر بأنَّه يترصَّدني، وأنَّه ينتظر فقط الفرصة المناسبة للانقضاض عليَّ.

أصبح ذلك العجوز المريض يشغل تفكيري كثيرًا، وبدأت تلتقي عينَانا كثيرًا، هو بنظرته الشيطانية الشهوانية، وأنا بنظرة المترصِّد الذي يريد أن يبقى هو مَن يسيطِر على الأمور. ثمَّ بدأ يخطر في بالي شيءٌ آخَر، بدأت تخطر على بالي راسيل ابنة تلك العجوز وأم تينو، بدأتُ أتخيَّل ذلك العجوز وهو يترصَّد بها كما

يفعل معي الآن حتَّى واتَته الفرصة المناسبة لأن يستدرجها إلى داخل شقَّته بعدما غافلَت أختها بلانكا وخرجَت إلى الشارع ويفعل بها ما فعل، وإلا مَن الذي أخذها وأعادها إلى بيتها بعدما اغتصبها؟!

يا إلهي.. نعم.. إنَّه هو، وأنا مستعدَّة بأن أُقسِم بأنَّه هو مَن قام بذلك معها، أيها القذر العجوز، تريد أن تفعل ذلك معي أيضًا، حسنًا.. لك ما تريد أيُّها المريض.

في ذلك اليوم كنتُ أراه واقفًا مِن بعيد، مشيتُ حتَّى وصلتُ إليه، وما كادت عينانا تلتقيان حتَّى ابتسمتُ له ابتسامة صغيرة فجَّرَت في داخله كلَّ شيء، فإذا به يشير إليَّ أن أدخل إلى شقته، فابتسمتُ له وقلتُ له: سأعود بعد قليل.

فإذا به يحاول أن يلمسني ويُدخِلني فورًا قائلًا: ادخلي الآن.

فقلتُ له ببعض الدلع: قلتُ لكَ سأعود بعد قليل.. وعيناي على عكازه الثقيل.

صعدتُ قليلًا إلى السطح وأنا أرتِّب أفكاري، وقد عرفتُ بأنَّني قد وصلتُ مع هذا القذر إلى نقطة اللاعودة.

استنشقتُ كميَّة كبيرة مِن الهواء، ونزلتُ مسرعةً إلى الطابق الأرضي، كان يقف على باب شقَّته، وكانت رائحة عطره العفن تنبعث منه بقوَّة، لا شكَّ بأنَّه قد قام بإفراغ كامل زجاجة عطره

استعدادًا للقائي، وما إن رآني حتَّى دخل مسرعًا إلى شقته لأقوم بالدخول خلفه وإغلاق باب الشقَّة.

استيقظتُ صباحًا مذعورة، وكلُّ ما أذكره بأنَّني حلمتُ بذلك المحترم وأنا بداخل شقَّته، كان يحاول أن يضمَّني، أتراه فعلَ ذلك مع راسيل؟ ولكنِّي لستُ راسيل أيها القذر، أجلستُه على الكنبة، وأخذتُ تلك العصا مِن يده لألتفَّ وراءه، وأنهال بها على رأسه مِن الخلف لأراه يسقط على أرض تلك الغرفة، وأمشي نحوه مِن الأمام لأنهال على رأسه بتلك العصا عشرات المرَّات، ولَم أتركه إلا وهو غارق في بِركة كبيرة مِن الدماء.

لا أدري هل ما كنتُ أراه في حلمي حقيقة؟ نظرتُ إلى يديَّ فلَم أجد أيَّ آثار للدماء عليها، فاطمأنَّ قلبي قليلًا، نهضتُ مِن سريري وأنا أبحث عن الملابس التي كنتُ أرتديها البارحة، فلَم أجدها، فتحتُ باب الغسالة فوجدتُهم داخلها، وقد تمَّ غسلهم، بدأ قلبي بالخفقان، وبدأ الشكُّ يساورني مِن جديد، يا إلهي.. ماذا يحدث معي؟

لبستُ ملابسي على عجل، ونزلتُ إلى الطابق الأرضي، كان محلَّ الجلديات مغلقًا، ولكن ذلك لَم يكن غريبًا؛ فالمحترم لَم يعد يفتحه كثيرًا.

عدتُ للداخل، ووضعتُ أذني على باب شقة المحتَرَم لأسمع صوتًا ما بداخلها، تنفَّستُ الصعداء وصعدتُ إلى شقَّتي لأعِدَّ طعام الإفطار.

أغلقتُ دفتر المذكِّرات ذلك، وبدأتُ أفكِّر قليلًا بعد أن بدأتِ الأمور تتداخل في رأسي، كان السؤال الذي يراودني هل قامت بقتل المحتَرَم أم لا؟ وما ذلك الصوت الذي سمعَته في الشقة إن كانت قد قتلَته؟ أم أنَّها تركَته وكان لا يزال يصارع للبقاء على قيد الحياة؟

عدتُ للاستلقاء والقراءة..

كنتُ أرى موتي في عينيه، كان ينظر إليَّ بطريقة غريبة، نظرة لَم أعرفها مِن قبل، ولكنَّها لَم تكن تحمل إلا كلَّ شرٍّ.

يجب عليَّ أن أفعل شيئًا ما قبل أن يقتلني هذا الوغد، ولكن كيف؟ وما السبيل إلى ذلك؟

لن أكون لقمة سائغة له، سوف أبدأ بوضع سكِّين في محفظتي، وما إن أراه يسير خلفي سأستدير وأطعنه في قلبه، ولكن هل سأنتظره ليقوم بذلك؟! لا.. لن أنتظر هذا الوغد، سأرتِّب شيئًا في رأسي يجعله يندم طوال حياته إن تبقَّى له حياة.

سأقوم الآن بكتابة رسالة إلى ذلك الشاب السوري الذي التقيتُه قبل فترة، لا أذكر الآن اسمه، ولكن كارت العمل الخاص

به لا زال معي، هو الوحيد الذي سيَفهمني.. نعم هو الوحيد الذي سيفعل ذلك في حالة نجح ذلك الوغد بالوصول إليَّ وقتُلي. الشاب السوري؟! نعم.. إنَّها تَقصدني أنا، ولكن لماذا أنا؟! وكيف أنا الوحيد الذي سوف سيَفهمها؟! ومَن هو ذلك الوغد الذي تتحدَّث عنه؟ هل قصدَتِ المحترم أم شخصًا غيره؟

ماذا كانت تريد أن تقول تلك الفتاة؟ ولماذا لَم تكتب اسم ذلك الرجل لتنهي كلَّ تلك القصة؟ أم أنَّها كانت مجرَّد شكوك تجول في رأسها؟

زادَتني تلك المذكِّرات حيرة على حيرة، وأنا الذي كنتُ أعتقد بأنَّها سوف تفسِّر كلَّ شيء، لأجد نفسي في ورطة، نعم في ورطة؛ فالمعلومات الموجودة بها قد تفيد الشرطة في الكشف عن أمور كثيرة، ولكن ماذا سأقول لهم؟ وكيف سأشرح لهم ذلك؟

ثمَّ بدأتُ أفكِّر في التخلُّص مِن هذه الوصيَّة وكأنَّني لَم أتسلَّمها، ولكن كيف ومكتب المحاماة على دراية بتسلُّمي لها في حالة حدوث أي تحقيقات؟ ولكن مَن سيَصل إليَّ في أبوظبي؟وهذه الألف.. ماذا سأفعل بها أيضًا؟ هل سأفعل ما طلبَته منِّي في رسالتها عندما طلبَت منِّي أن أذهب إلى ذلك المطعم الذي كانت تعمل فيه لمدَّة ثلاثة أيام فقط؟ تراها ماذا كانت تريد أن تخبرني أيضًا؟ يا إلهي..

هل كل ذلك يخرج مِن تلك الفتاة التي ظنَنتُ يومًا بأنَّها لاحول لها ولا قوة؟!

قرَّرتُ أن أخلد إلى النوم، وسوف أقرّر غدًا ماذا سوف أفعل.

استيقظتُ متأخِّرًا في صباح اليوم التالي، وكنتُ مصمِّمًا أن أنسى كلَّ شيء في تلك الوصية، وأن أغيّر موعد حجزي إلى أبوظبي، والذي كنتُ قد ثبَّتُّه بعد ثلاثة أيام، شعرتُ بأنَّ هذه الفتاة قد تورِّطني في شيءٍ ما دون أن أشعر، فما علاقتي بتلك القصص مِن جرائم قتل ومخدِّرات ومجرمين وقتلة وشاذِّين؟! أين أنا مِن هذا كلِّه؟! وإلى أين سوف يمضي بي وقد تكون وراء ذلك قصة كبيرة تُؤدِي بي إلى حيث لا أعلم؟! وحتَّى هذه النقود سوف أقوم بوضعها في أي مسجد أو هيئة خيرية خيرًا مِن أضعها في ذلك المطعم.

كنتُ أتَّصِل بمكتب الطيران لتغيير الحجز، وأنا أدعو الله بألَّا أستطيع ذلك، كان هناك نداء في داخلي يدعوني بأن أكمل ما طلبَته منِّي في رسالتها؛ لذلك ما إن أخبرتني موظَّفة الحجز أن أنتظر قليلًا حتَّى قمتُ بإغلاق الخطِّ، لأعود وأندم على ذلك.. يا إلهي.. كيف استطاعت تلك الفتاة أن تتحكَّم بي حتَّى بعد موتها؟

مررتُ في طريقي إلى ذلك المطعم مساءً بالنافورة التي جلستُ عليها مع أسماء، لا أعلم لماذا تخيَّلتُ بأنَّني أراها تجلس هناك، الأمر الذي أثار القشعريرة في داخلي.

وبعد قليل مررتُ أمام المبنى الذي كانت تسكن فيه، لا أعرف لماذا دقَّقتُ النَّظر في محلِّ الجلديَّات الموجود في الطابق الأرضي؛ لعلَّني كنتُ أريد أن أتأكَّد بأنَّ المحترَم لا زال حيًّا، ولكنَّ المحلَّ كان مغلقًا.

ثمَّ تخيَّلتُ أسماء عندما تركتُها وكانت لا تزال واقفة تنظر إلى الأرض.

أسرعتُ خطاي؛ فالمكان بدأ يثير بي شعورًا غامضًا، وبغضِّ النظر عن ذلك الشعور إلا إنَّه لَم يكن مريحًا.

كان المطعم كما تركتُه؛ فكلُّ شيء كان يبدو مألوفًا لي، فترتيب الطاولات كان كما تركتُه، مِن هنا دخلتُ، وهنا شاهدتُ أسماء، وهنا جلستُ مع شاجي.

جلستُ على الطاولة ذاتها التي جلستُ عليها أوَّل مرَّة كما طلبَت منِّي أسماء، وبدأتُ أجول بصري في المكان، كنتُ أرى ذلك الرجل العجوز يقف خلف البار، وكان يتمايل في مشيته، كنتُ متأكِّدًا بأنَّه فيتال صاحب المطعم.

بدأتِ الطاولات تمتلئ بالزبائن، ولَم يكن هناك أي شيء غير عادي.

تناولتُ طعامي ببطء شديد، وتابعتُ عزف تلك الفرقة بملل شديد، ولكن لَم يحدث شيء.

فجأة اكتشفتُ بأنَّني أدعو الله في سرِّي بألَّا يحدث أي شيء، وأنِّي كنتُ أجلس فقط لتمضية الوقت حتَّى لا ألوم نفسي في يوم مِن الأيام بأنَّني لَم ألتزم بوصيَّة تلك الفتاة التي اختارَتني مِن بين كلِّ مَن في الأرض.

غادرتُ ذلك المطعم في تمام الواحدة بعد منتصف الليل، وعدتُ إلى الفندق مرورًا بالطريق ذاته، وانتابني الشعور ذاته عندما مررتُ مِن أمام المبنى الذي كانت تسكنه أسماء، وعند مروري بالنافورة التي جلسنا عليها في ذلك اليوم.

جلستُ على السرير، وقرَّرتُ أن أقوم بقراءة ذلك الدفتر مرَّة أخرى، علَّني أجد شيئًا جديدًا، أو أن أفهم الأمور بطريقة مختلفة، لأجد نفسي وقد استغرقتُ بالنوم، ولَم أستيقظ إلا في الصباح.

أمضيتُ ظهر ذلك اليوم وأنا أتجوَّل في شوارع روما القريبة مِن الفندق، ثمَّ قرَّرتُ الذهاب لأرى محلَّ الجلديَّات الذي يمتلكه ذلك المحترم، لا أدري لماذا كانت قصَّته تشغلني؟ هل حقًّا قتلَته

أسماء؟ هل هو حقًّا مَن قام باغتصاب تلك الفتاة المسكينة؟ إلا إنَّ المحلَّ كان مغلقًا كالعادة.

توجَّهتُ في ذلك المساء إلى ذلك المطعم، وكنتُ أحسُّ بالإثارة نوعًا ما، جلستُ في المكان ذاته، وأخذتُ أتابع السهرة كما فعلتُ في ليلة الأمس، ولكن لا شيء جديد، كل شيء كان عاديًا.

كان الملل يقتلني، وكنتُ أنظر إلى الفتاة التي شغلَت مكان أسماء، إلا إنَّها لَم تكن تملك الروح التي كانت تمتلكها أسماء، خطرَ لي أن أسألها عن أسماء، متظاهرًا بأنَّني لَم أعلم ماذا حدث لها، ولكنَّني عدلتُ عن الفكرة خوفًا مِن أن يتمَّ ربطي بأي شيء حتَّى لو كان مجرَّد سؤال.

كان هذا آخِر يوم لي في روما، وغدًا ليلًا سوف أعود إلى أبوظبي، أي إنَّ الليلة ستكون آخِر ليلة لي في ذلك المطعم، وإذا لَم يحدث شيء الليلة فمعنى هذا إمَّا أنَّ أسماء لَم تكن تعرف ماذا تفعل عندما كتبَت تلك الوصية، أو أنَّني لَم أكن بذلك الذكاء حتَّى أُدرِك ما كانت تقصد.

كان المطعم مزدحمًا جدًّا في ذلك المساء، ولَم يطُل الأمر كثيرًا حتَّى اكتشفتُ السبب؛ فقد كانت ليلة نهاية الأسبوع.

كانت الطاولات جميعها ممتلئة، ولَم أجد حتَّى طاولة واحدة فارغة أجلس عليها.

وقفتُ قليلًا أنتظر، إلا إنَّ الأمر بدا لي طويلًا، فكَّرتُ بالانصراف، ولكنِّي قلتُ في نفسي: إنَّها آخِر ليلة، تحمَّلها كيفما كان.

نادَيتُ على تلك النادلة، وطلبتُ منها أن تجد لي أيَّ مكان أجلس فيه، إلا إنَّها أشارت إلى لوح صغير، وطلبَت منِّي أن أكتب اسمي عليه، فهمتُ مِن ذلك أنَّ هناك لائحة انتظار يجب عليَّ الالتزام بها.

كتبتُ اسمي وخرجتُ مِن المطعم كي أتمشَّى قليلًا، فشاهدتُ بينما كنتُ أنتظر الساحر باريزي وهو يترجَّل مِن سيَّارة فخمة مع بعض الأشخاص، ويدخل المطعم، دخلتُ المطعم بعد قليل لأجد بأنَّه بقِي أمامي ثلاثة أسماء بعد أن تمَّ شطب اسمين مِن ذلك اللوح.

خرجتُ للمرَّة الثانية، وأخذتُ أتمشَّى حول ذلك المبنى، فشاهدتُ سيارة صغيرة تعطي شابًّا صغيرًا بعض أكياس الخضار، لا أدري لماذا تشجَّعتُ وقلتُ له: هل أنت فيرو؟

نظر إليَّ نظرة شكٍّ وريبة، وقال لي: ماذا تريد؟

أدركتُ بأنَّه لا مجال الآن للتَّراجع أمام ذلك اللصِّ الصغيرِ؛ إذ لَم يكُن مِن الذين تحبُّ أن تلعب معهم، أو أن تقلِّل مِن

احترامهم، فقلتُ له: أنا كنتُ هنا قبل شهور، وقد كلَّمَتني عنك أسماء.

بدا عليه الدهشة قليلًا، وقال لي: وماذا قالت لك؟!

قلتُ له: لا شيء، إنَّما قالت لي بأنَّك ساعدتَها بتعلُّم اللغة الإيطالية.

ليقول لي بنبرة جادَّة: وماذا تريد الآن؟

فقلتُ له: لا شيء، إنَّما أنتظر دوري للجلوس وتناوُل العَشاء.

ليقول لي: وهل تنتظر دورك خلف المبنى؟!

كان يطرح عليَّ الأسئلة بطريقة سريعة، ولَم يكن يبدو بأنَّه يشعر بالراحة تجاهي، ليقول لي: اذهب إلى الأمام؛ لأنَّك إن لَم تكن موجودًا فسيجلس غيرك، لن ينتظرك أحد هناك.

عدتُ إلى واجهة المطعم وأنا نادم على ما قمتُ به مِن الكلام مع فيرو.

دخلتُ المطعم، واتَّجهتُ إلى ذلك اللوح، وشاهدتُ الأسماء التي تعلو اسمي، وجميعها قد شُطِبَت، أدركتُ بأنَّ دَوري قد حان، نظرتُ إلى الطاولات فأدركتُ بأنَّه دوري للجلوس على تلك الطاولة، وشاهدتُ في الوقت ذاته أحدهم يتَّجِه إليها، توجَّهتُ مسرعًا إليها، وفجأة اصطدمتُ بأحد الزبائن الذي يهمُّ بالوقوف وهو يحمل

كأسًا، مِمَّا أدى إلى انسكاب بعض النبيذ الذي كان يملأ الكأس على بنطالي، ليقول لي ذلك الشخص: آسف.. آسف.

تركتُه وأسرعتُ حتَّى وصلتُ إلى الطاولة مع الشخص الآخَر في الوقت ذاته، فنظر إليَّ وقال: هل هو دورك؟

فأجبتُه بنعم، ليقول لي: أنا آسف، ولكنَّكَ قد تأخَّرتَ، فظننتُ بأنَّكَ لن تأتي.

كان الضجيج يملأ المكان، وكان وجود الساحر باريزي وحاشيته يعطي المكان روحًا خاصَّة بضحكاتهم التي لا تنتهي، والتي تملأ المكان حيويَّة.

نظرتُ إلى المنصَّة، وتخيَّلتُ أسماء وهي تقف عليها مع الساحر باريزي، وتنظر إلى علاء وتخاطبه والدموع تملأ وجهها الأبيض.

استغللتُ وجود تلك النَّادلة عند طاولتي لأطلب منها منديلًا مبتلًّا؛ فقد كانت بقع النبيذ الأحمر منتشرة على بنطالي، وخفتُ إن جفَّت ألا تزول أبدًا.

وفجأة أحسست بشيء وكأنَّه تيَّار كهربائي قد مرَّ بي، لقد قال لي ذلك الرجل آسف.. نعم.. لقد قال لي آسف باللغة العربية، بل وقد أعادها مرَّتَين، ولكنَّه هو الرجل الذي سمعتُ أسماء لحظة دخولي في اليوم الأول لي في هذا المطعم تصفه بابن العاهرة، وكان يستمع إليها ويضحك، ويتظاهر بأنَّه لا يفهم ما تقوله له.

يا إلهي، لقد كان يفهم كلَّ شيء! نعم هو، هو مَن أرادت أسماء أن تخبرني عنه، فحتَّى عيناه ولحظة سكْب النبيذ عليَّ اتَّسَعَت عيناه بشكل كبير.

بدأتُ أراقبه وأنظر إليه خلسة، نعم إنَّه هو، كان يبدو لي كمجرم مافيَوِي ببذلته الأنيقة، وشَعره المرتَّب والمصفَّف إلى الخلف.

كان يجلس مع اثنين على الطاولة، لَم يتبادَلا أيَّ حديث، كان يدخِّن وينظر إلى تلك المنصَّة، ويطالع هاتفه بين الحين والآخَر.

بدأتُ أحلِّل شخصيَّته، لَم يكن مِن النوع الذي يمكن أن يصبر على إهانته، ولَم يكن مِن النوع الذي يتصرَّف بطيش أيضًا، كان من النوع الذي يرتِّب الأمور كثيرًا قبل أن يقوم بها، ولكنَّه عندما يقوم بها فلا شكَّ بأنَّه كان يقوم بها بحِرَفيَّة عالية.

لا بدَّ أنَّ أسماء قد اتَّخَذَت تلك الشتيمة عادةً لها عندما كانت تخاطبه؛ ففي يومي الأول سمعتُها أكثر مِن ثلاث مرَّات تصفه بذلك الوصف، بل حتَّى إنَّني شعرتُ بالشفقة عليه وهي تقول له ذلك، ولكنَّه كان ماكرًا.

كنتُ أدرك بأنَّه بدأ يزرع الرعب داخل قلب أسماء بنظراته لها، وأنَّ أسماء قد فهمَت تلك النظرات وبدأت رسائله تصلها، ولكنَّه لَم يكن نادر أو تلك العجوز النائمة أو حتَّى ذلك العجوز المحترم، كان

يعرف ما يفعله، ويمتلك صبرًا كبيرًا وحِرَفيَّة عالية لا تمتلكها أسماء، ولكن إن كان هو مَن قام بقتلها – وإن كنتُ متأكِّدًا مِن ذلك – فقد أثبتَت أسماء بأنَّها هي الأخرى تمتلك حِرَفيَّة هائلة؛ فمَن يخطر له أن يفعل ما فعلَته هي مِن لحظة جلوسنا على تلك النافورة، حتَّى جلوسي هنا وإرشادي إلى مَن قتلها.

كان السؤال الآن: وماذا بعد؟ وماذا سأفعل الآن؟ لقد قال لي ذلك المحامي عندما سألتُه عمَّا إذا اكتشفوا مَن قام بذلك، بأنَّه على حدِّ علمه لا، ولكنَّهم اكتشفوا سلاح الجريمة، ذلك السكِّين الذي يحمل آثار دمائها، وبصمة واحدة للقاتل في إحدى مكبَّات القمامة، أتراها غلطة عمره عندما ألقى بذلك السكِّين هناك؟

ولكن ماذا سأفعل أنا؟ وكيف سأذهب إلى الشرطة؟ وبماذا سوف أخبرهم؟ ماذا إن كان كلُّ ما توصَّلتُ إليه هو مجرَّد أوهام لا صحة لها؟

كان قلبي يكاد يتوقَّف عن الخفقان عندما تناولتُ جوَّالي ببطءٍ، والتقطتُ صورة لذلك الرجل، كنتُ أدرك بأنَّه لو رآني فستكون تلك نهايتي.

بدأ الناس بمغادرة المطعم، فطلبتُ الحساب، وخاصَّةً أنَّ المكان بدا مملًّا بعد أن غادر باريزي ورفاقه المطعم، كما غادر ذلك الشخص المطعم منفردًا.

طلبتُ الحساب، فجاءتني تلك النادلة به، لأفاجَأ بفيرو يجلس إلى طاولتي أيضًا، ويقول: قُل لي حقًّا ماذا قالت لكَ عنّي أسماء؟

فقلتُ له بأنَّها قالت لي بأنَّها تحبُّكَ جدًّا، وأنَّكَ ساعدتَها يومًا لاسترداد شيء مِن شخصٍ ما عند نافورة تريفي.

ليقول لي مبتسمًا: لعلَّك تقصد سرقة شخصٍ ما عند تلك النافورة.

ثمَّ أضاف قائلًا: يبدو بأنَّك تعرف الكثير.

فأجبتُه: صدِّقني لا، ولكنّي تعرَّفتُ عليها هنا، ورافقتُها حتّى أوصلتُها بيتها، وقد أخبرَتني ببعض الأمور الخاصّة عن حياتِها، ولمّا عدتُ إلى روما اكتشفتُ بأنَّها ماتت.

ليقول لي: ومَن أخبرك ذلك؟

فقلتُ له: فيرو.. إنَّك تسأل كثيرًا، ولا تجيب عن شيء.

فقال لي: ولكنَّك لَم تسألني عن شيء!

فقلتُ له: فيرو.. هل يمكن أن أثق بك كما وثقَت بك أسماء مِن قبل؟

ليقول لي: يمكنك ذلك، ولكنّي لن أسرق أحدًا؛ فقد عاهدتُها على ذلك.

فقلتُ له: لا.. لن تسرق أحدًا، بل على العكس سوف أعطيك خمسمائة يورو مِن أسماء، ودون أن تسألني أيَّ شيء، ولن أطلب منك أن تقوم بأي شيء.

ليقول لي: اسأل.

فقلتُ له: عِدني أوَّلًا، فأنا أعرف بأنَّ الإيطاليِّين يلتزمون بوعودهم.

ليقول لي: ومَن أخبرك ذلك؟

فقلتُ له: فيرو.. انس الموضوع؛ فأنتَ لا تحسِن سِوَى الأسئلة.

ليقول: ولكنَّك تكثر الكلام دون أن تسأل.

فأشرتُ إلى الطاولة التي كان يجلس عليها أولئك الرجال، وقلتُ له: هل تعرفهم وخاصَّةً ذلك الرجل الذي يصقِّف شَعره إلى الخلف؟ وأرَيتُه الصورة التي التقطتُها له.

ليقول لي فيرو: نعم أعرفهم جميعًا، إنَّهم رجال خطِرون مِن الطراز الأول، وجميعنا يعرف بأنَّهم يعملون عند السيد روجر، ولا تسألني ماذا يعمل السيد روجر.

- وذلك الشخص الذي يصفف شَعره إلى الخلف، ما اسمه؟

إنَّه يكتب اسم جوزيف على لوح الانتظار.

- لا تتورَّط معهم، أيًّا ما كنتَ أنصحك بألَّا تتورَّط معهم.

كانت هذه آخِر كلمات فيرو لي بعد أن أعطيتُه كلَّ ما تبقَّى معي مِن نقود أسماء بعد أن دفعتُ حساب تلك الليلة.

خرجتُ مِن المطعم وأنا أشعر بانتعاش كبير، نعم هو مَن قتل أسماء، كلُّ المؤشِّرات تشير إلى ذلك.

كنتُ أمشي ببطءٍ وأنا أتخيَّل كيف كانت تمشي، وكان يلحق بها وهي تشعر به، وتشعر برغبته في قتلها، كنتُ أتخيَّلها وهي تمسك حقيبة يدها وهي تتحسَّس السكين الذي احتفظَت به بداخلها، وهي تظنُّ بأنَّها ستستطيع مواجهته بها، كيف كانت تسمع خطواته وتلتفت إلى الوراء، ولكنَّها لا تجده، حتَّى بدأت تسمع صوت أنفاسه، ولكنَّها لا تراه.

كنتُ أتخيَّلها وقد بدأت تشعر بالتوتر الشديد مع خلوِّ الشارع مِن أي أحدٍ سِوَاها وصوت خطوات وأنفاس ذلك الرجل، وصورة عينيه لا تفارق خيالها.

بماذا كانت تفكِّر في تلك اللحظات؟ وكيف كانت تشعر؟ كنتُ أتخيَّلها وكيف أصبحَت أكثر قوَّة وأكثر استعدادًا، وأنَّها لَم تعُد خائفة، بل كانت تتمنَّى ظهوره حتَّى تنهي ما كانت تخاف منه.

كنتُ أشعر بأنفاسها وطاقتها حولي وكأنَّها تمشي معي بخطواتها البطيئة، كنتُ أتخيَّلها تقول لي: هل تظنُّ بأنَّني كنتُ خائفة؟ أبدًا.. هل تعرف أنَّ أقوى شيء في المرأة هو ضعفها؟

أنا أسماء أيها الشاب السوري الذي لا أذكر اسمه، ولكن كارت العمل خاصَّته لا زال بحوزتي.

شاهدتُ ذلك الشابَّ الصغير المصري الذي يعمل في تلك البقالة يجلس على الدرج ذاته الذي رأيتُه فيه مع أسماء، فقلتُ له: محمود.. اذهب ونَم، فغدًا لدَيك عمل.

كنتُ أتخيَّل وجهه وأنا أقول له ذلك، لأسمع صوت خطواته على ذلك الشارع الحجري وهو يتبعني ليقول: لقد تذكَّرتُكَ، لقد كنتَ تمشي مع أسماء في مثل هذا الوقت قبل عدَّة أشهر.

لَم أردَّ عليه، ولكنَّه كان يمشي بجانبي ليتابع حديثه قائلًا: هل تعام بأنَّها قُتِلَت وأنَّهم وجدوا كميَّة كبيرة مِن المخدرات في دمها؟

صُدِمتُ في داخلي عندما تكلَّم عن المخدرات، وإن كانت ألمحَت في مذكِّراتها بأنَّها قد أخذَت حبَّتَين مِن تلك الحبوب التي سمَّاها صديق نادر حبوب السعادة، ولكن يبدو أنَّها أدمنَت ذلك، وأنَّ صعودها إلى السطح لَم يكن لتستنشق الهواء، ولكن لتعاطي تلك الحبوب، لا بدَّ أنَّها كانت تخاف أن تحتفظ بها في شقتها.

التفتُّ إلى محمود وقلتُ له: مَن يسكن في شقَّتها الآن؟

ليقول لي: لا أحد يسكن في المبنى كلِّه؛ فقد أصبح يُطلَق عليه لقب المبنى المنحوس، وخاصَّةً بعدما وُجِدَ ذلك المحترم مقتولًا في شقَّته، ولَم يدرِ أحدٌ به لمدَّة أسبوع، ولولا خروج إحدى القِطط مِن

إحدى النَّوافذ التي تركَها المحترم مفتوحًا والدِّماء عليها، لَمَا علِم أحدٌ به.

تابعتُ سيري دون أن أعلِّق على ما قاله، وكنتُ أسمعه يقول: مِن أين أنتَ؟ لهجتك شاميَّة، هل تعمل هنا؟ ماذا تعمل؟

ولَمَّا لَم أجِب عن أيٍّ مِن أسئلته توقَّف، بينما تابعتُ أنا طريقي إلى الفندق بعد أن أغلق كلَّ تساؤلاتي بما يتعلَّق بالمحترم.

كان دفتر المذكِّرات والرسالة لا يزالان مرميَّان على السرير، فقلتُ في داخلي: المال هو مَن يذهب فقط.

أخذتُ تلك المذكِّرات والرسالة، ووضعتُها في قاع الحقيبة الفارغة استعدادًا لترتيبها غدًا، واستلقَيتُ على السرير، وسألتُ نفسي: ماذا الآن؟

في صباح يوم السفر اتَّصلتُ بالسيد فادي مِن مكتب روما للمحاماة، وقد رحَّب بلقائي في مكتبه بناءً على طلبي، ولَم تمضِ سِوَى ساعة واحدة حتَّى كنتُ عنده في المكتب.

ابتدأتُ أنا الحديث قائلًا: سيِّد فادي، أنا أعرف مَن قتل أسماء.

بدا الانْدهاش على وجهه وقال: هل قالت ذلك في المذكِّرات؟

فقلتُ له: لا أبدًا، المذكِّرات لا تشير إلى شخصية القاتل أبدًا، وإن كانت تحمل بعض المؤشِّرات البعيدة، ولكنّي أؤكِّد لك بأنَّني

أعرف شخصية القاتل بنسبة مائة بالمائة، أعرف اسمه الأول على الأقلِّ، ومعي صورة له، وأعرف مع مَن يعمل، وفي أي مكان يسهر.

قال لي السيّد فادي: تلك معطيات كثيرة، ولكن ما هي المعطيات؟ نحن لسنا في بلادنا كي يقوم البوليس باعتقاله فورًا، والبدء في ضربه حتَّى يعترف، هنا يجب تقديم معطيات كثيرة وثابتة قبل البدء بذلك كلِّه.

قلتُ له: سيِّد فادي، صدِّقني إذا قلتُ لك بأنِّي لَم ألتقِ بأسماء إلا بالقَدر الذي التقيتَه أنت فيها؛ لذلك كلُّ ما أفعله الآن هو مجرَّد احترام لإنسانة قامت بائتماني على بعض مِن خصوصيَّاتها، بالقدر الذي ائتمنَتكم أنتم أيضًا عليها.

أنا إنسان لا أعرف أحدًا هنا، ولا أملك أيَّ صِلات، ولا أفهم بأي قوانين، ولكن واجبي أن أُخبِرك بأنَّني قد عرفتُ قاتلها، فهل يرضيك أنت المحامي والذي تفهم بقوانين هذه البلاد، بل وأصبحتَ أحد مواطنيها أن ينعم ذلك المجرم بالحرية، وأن تُقتَل تلك الغريبة المسكينة بتلك الطريقة، وأن نقول لا حول لنا ولا قوَّة؟!

نظر إليَّ السيد فادي ليقول: في الحقيقة هناك بعض الأمور ليسَت في صالحنا؛ فنحن لا نمتلك أيَّ أدلَّة حقيقية تدعونا إلى الشكِّ فيه والبدء بإجراء التحقيقات معه، ولكن بالمقابل نمتلك بعض الأمور المهمَّة، فقضيَّة أسماء تحوَّلَت إلى قضية رأي عام في

إيطاليا بعد أن انتشرَت قصتها مع الساحر باريزي في ذلك المطعم، بل وقيام باريزي بالإعذار إليها عندما قال في ذلك المقطع لها بأنَّه آسف، وأنَّ الخطأ كان خطأه.

الأمر الثاني هو عندما نعاها باريزي بعد موتها عندما سأله أحد الصحفيِّين عن رأيه في قضيَّة مقتلها، ليقول: لقد فقدتُ بموتها أيقونة جميلة تبعث على الدفء، وتشِعُّ الطاقة أينما حلَّت، لا بدَّ أنَّ الذي قتلها بتلك الطريقة قد تجرَّد مِن كلِّ مشاعر الإنسانية، وأكَّد أنَّ ثقته بالبوليس الإيطالي كبيرة، وأنَّه قادر على أن يقبض على ذلك المجرم، وأن يقدِّمه إلى العدالة ليأخذ جزاءه.

كلماته تلك مع الحزن الكبير الذي كان باديًا على وجهه أثار مشاعر الإيطاليِّين يومها إلى حدٍّ كبير.

الأمر الأخير أنَّ قضية قتلها بتلك الطريقة الوحشية، والتي مَزَّق القاتل فيه وجهها بدمٍ بارد، وفي شارع مِن شوارع روما الكبرى، يجعل الناس يخافون على حياتهم، ومرور هذه الجريمة دون كشْف مرتكِبها سيثير غضبًا وقلقًا في الشارع الإيطالي؛ لذلك ستكون تلك فرصة كبيرة لأي ضابط بوليس يقوم بالكشف عن مرتكِب تلك الجريمة، بل إنَّها قد تغيِّر مستقبله بالكامل؛ فالإيطاليُّون لا ينسَون أبطالهم ولا مجرميهم.

أخبِرني ما عندك، وسأتكفَّل أنا بالباقي، فما أدراك أيضًا، لعلَّ مساهمة مكتبنا بالكشف عن قاتل أحد عملائه سيثير أيضًا ضجَّة إيجابية كبيرة.

أخبرتُه فقط عن الجزء المتعلِّق بذلك المجرم، وكيف أنَّ أسماء كانت تشتمه لأنَّه يتحرَّش بها ويتظاهر بأنَّه لا يفهم ما تقول، وأخبرتُه بأنَّني شخصيًا كنتُ شاهدًا على أحد تلك المواقف، وكيف تظاهر بأنَّه لا يفهم شيئًا، بل وبدأ في شكرها، وكيف أنَّ أسماء بدأت تشكُّ بنيَّته في قتلها أو أذيَّتها على أقلِّ تقدير، لأكتشف فيما بعد بأنَّه عربي، وأنَّه كان يفهم كلَّ ما تقول، ثمَّ قلت له: يا سيِّد فادي، في نهاية الأمر فإنَّ مقارنة البصمات ستوضِّح كلَّ شيء بالنسبة للبوليس.

أخبرتُ السيد فادي بأنَّني سأعود اليوم ليلًا إلى أبوظبي، وتمنَّيتُ عليه أن يُطلِعني في حال حدوث أي مستجدَّات، ووعدني بذلك.

نظرتُ إلى الساعة، وكانت لا تزال الحادية عشرة صباحًا، فخطرَ على بالي شيء قبل أن أودِّع السيد فادي، لأقول له: سيد فادي، هل المركز الذي تمَّ وضْع تينو فيه بعيد عن هنا؟

ليقول لي: لا أبدًا، هو يبعد ثلاثة شوارع فقط مِن هنا، أي سبع دقائق بالتاكسي.

لأعود وأسأله: وهل يمكنني زيارته؟

فقال لي: حظُّك حلو؛ فاليوم هو عطلة نهاية الأسبوع، والزيارة مسموحة.

أخذتُ العنوان وبيانات تينو كلَّها، وتوجَّهتُ إلى هناك.

كان جميع المصابين بمتلازمة داون يشبهون بعضهم بالنسبة لي، ولكنِّي عرفتُه مِن بعيد عندما كان يمشي مع إحدى الموظَّفات قادمًا مِن بعيد، وعندما وصل إليَّ مَدَدتُ يدي لأعطِيَه الآيس كريم الذي أحضرتُه له، ولكنَّه رفض أن يمدَّ يده ليأخذه، وكان يتفحَّصني بعينيه وكأنَّه يقول: مَن أنتَ؟

ثمَّ قلتُ له باللغة العربية: تينو.. كيفك؟

ليبتسم ابتسامة رائعة ويقول باللغة العربية: أنا منيح الحمد لله، وأخذ يضحك ويقول: أنا منيح أنا منيح.

ثمَّ بدأ يبكي ويصرخ بصوت عالٍ: أسماء.. أسماء.. ويتابِع بكاءه بصوت عالٍ أجشَّ.

جاءت الموظفة مسرعةً إلينا لترى ما يحدث، فقلتُ لها وأنا أناولها علبة الآيس كريم وعلبة الشوكولاتة: أرجوكِ أعطِيه إيَّاها لاحقًا.

وتركتُه وقد جلس على الأرض، وأسمعه يقول: أسماء.. أسماء.

كان صباحًا عاديًا في أبوظبي، إلا إنَّ الأمر الوحيد الذي لَم يكن عاديًا هو وجود ثلاث مكالمات فائتة مِن إيطاليا، كان ذلك الرقم هو رقم المحامي فادي، وكان قد مضى على عودتي مِن روما ثلاثة أسابيع.

أعدتُ الاتصال بالسيد فادي ليبادرني بالقول: صباح الخير مفتِّشنا العظيم.

ويتابِع قائلًا: ألف مبارك، لقد تمَّ القبض على قاتل أسماء قبل ثلاثة أيام، وهو الشخص ذاته الذي أعطيتَني بياناته، وهو عربي يحمل الجنسية الإيطالية، ولدى التحقيق معه ومقارنة البصمات تبيَّن بأنَّه يحمل البصمات ذاتها التي كانت على السكِّين الذي تمَّ قتْل أسماء به، وسوف أخبرك بالتفاصيل كلِّها عندما تأتي لروما مرَّة أخرى.

ثمَّ يتابع قوله: على فكرة.. متى سوف تأتي إلى روما؟

لأجيبه: لماذا؟ هل هناك وصيَّة أخرى؟

أغلقتُ السمَّاعة، وكانت ضحكة السيد فادي لا أزال أسمعها.

أعددتُ قهوتي الصباحية، وتوجَّهتُ إلى مكان عملي في شارع حمدان، ولا أَشعر بشيء حولي إلا أسماء، وكأنَّها تسير بجانبي وتقول لي: شكرًا أيها السُّوري الذي لا أذكر اسمه، ولكن كارت العمل الخاص بك لا زال معي.